莎士比亚全集·中文本（典藏版）

William Shakespeare: Complete Works

［英］威廉·莎士比亚（William Shakespeare）著

辜正坤 主编／韩志华 译

泰 特 斯 · 安 德 洛 尼 克 斯

The Lamentable Tragedy of

Titus Andronicus

外语教学与研究出版社

北京

京权图字：01-2016-5007

图书在版编目（CIP）数据

泰特斯·安德洛尼克斯／（英）威廉·莎士比亚（William Shakespeare）著；韩志华译. -- 北京：外语教学与研究出版社，2024.6. --（莎士比亚全集／辜正坤主编）.
ISBN 978-7-5213-5346-4

I. I561.33
中国国家版本馆 CIP 数据核字第 20242H74E9 号

泰特斯·安德洛尼克斯

TAITESI ANDELUONIKESI

出 版 人	王　芳
项目负责	邢印姝　郭芮萱
责任编辑	周渝毅
责任校对	郭芮萱
封面设计	张　潇
出版发行	外语教学与研究出版社
社　　址	北京市西三环北路 19 号（100089）
网　　址	https://www.fltrp.com
印　　刷	三河市北燕印装有限公司
开　　本	710×1000　1/16
印　　张	9.5
字　　数	152 千字
版　　次	2024 年 6 月第 1 版
印　　次	2024 年 6 月第 1 次印刷
书　　号	ISBN 978-7-5213-5346-4
定　　价	68.00 元

如有图书采购需求，图书内容或印刷装订等问题，侵权、盗版书籍等线索，请拨打以下电话或关注官方服务号：
客服电话：400 898 7008
官方服务号：微信搜索并关注公众号"外研社官方服务号"
外研社购书网址：https://fltrp.tmall.com

物料号：353460001

出版说明

 1623 年，莎士比亚的演员同僚们倾注心血结集出版了历史上第一部《莎士比亚全集》——著名的第一对开本，这是三百多年来许多导演和演员最为钟爱的莎士比亚文本。2007 年，由英国皇家莎士比亚剧团（Royal Shakespeare Company）推出的《莎士比亚全集》，则是对第一对开本首次全面的修订。

 本套《莎士比亚全集》新汉译本，正是依据当今莎学界最负声望的皇家版《莎士比亚全集》翻译而成。译本的凡例说明如下：

 一、**文体**：剧文有诗体和散体之分。未及最右行末即转行的为诗体。文字连排、直至最右行末转行的，则为散体。

 二、**舞台提示**：

 1）角色的上场与下场及其他舞台提示以仿宋体排出，穿插于剧文中的舞台提示以圆括号进行标注，如：(对亨利王子)。

 2）舞台提示中的特殊符号。译本所依据的皇家版《莎士比亚全集》的编辑者对舞台提示中的不确定情形以特殊符号予以标注，译本亦保留了这些符号：如（旁白？）表示某行剧文既可作为旁白，亦可当作对话；又如某个舞台活动置于箭头 ↓↓ 之间，表示它可发生在一场戏中的多个不同时刻。

 三、**脚注**：脚注中除标注有"译者附注"字样的，均译自或改编自皇家版《莎士比亚全集》注释。脚注多为对剧文中背景知识及专名的解释，以使读者更好地理解剧情；亦包含部分与英文原文相关的脚注，以使读者在品味译者的佳文时，亦体验到英文原文的精妙。

四、文本：译本以第一对开本为蓝本，部分剧目中四开本与之明显相异的段落亦有译出，附于正文之后，供读者参考。

此《莎士比亚全集》新汉译本历经策划、翻译、编辑加工和印装等工序，各个环节的参与者均竭尽全力，力求完美，但由于水平、精力所限，难免有所错漏，敬请广大读者赐教指正。

外语教学与研究出版社

综合出版事业部

莎士比亚诗体重译集序

辜正坤

他非一代骚人，实属万古千秋。

这是英国大作家本·琼森（Ben Jonson）在第一部《莎士比亚全集》（*Mr. William Shakespeares Comedies, Histories, & Tragedies*, 1623）扉页上题诗中的诗行。三百多年来，莎士比亚在全球逐步成为一个家喻户晓的名字，似乎与这句预言在呼应。但这并非偶然言中，有许多因素可以解释莎士比亚这一巨大的文化现象产生的必然性。最关键的，至少有下面几点。

首先，其作品内容具有惊人的多样性。世界上很难有第二个作家像莎士比亚这样能够驾驭如此广阔的题材。他的作品内容几乎无所不包，称得上英国社会的百科全书。帝王将相、走卒凡夫、才子佳人、恶棍屠夫……一切社会阶层都展现于他的笔底。从海上到陆地，从宫廷到民间，从国际到国内，从灵界到凡尘……笔锋所指，无处不至。悲剧、喜剧、历史剧、传奇剧，叙事诗、抒情诗……都成为他显示天才的文学样式。从哲理的韵味到浪漫的爱情，从盘根错节的叙述到一唱三叹的诗思，波涛汹涌的情怀，妙夺天工的笔触，凡开卷展读者，无不为之拊掌称绝。即使只从莎士比亚使用过的海量英语词汇来看，也令人产生仰之弥高的感觉。德国语言学家马克斯·缪勒（Max Müller）原以为莎士比亚使用过的词汇最多为 15,000 个，事后证明这当然是小看了语言大师的词汇储藏量。美国教授爱德华·霍尔登（Edward Holden）经过一番考察后，认为至少达 24,000 个。可是他哪里知道，这依然是一种低估。有学者甚至声称用电脑检索出莎士比亚用的词汇多达 43,566 个！当然，这些数据还不是莎士比亚作品之所以产生空前影响的关键因素。

其次，但也许是更重要的原因：他的作品具有极高的娱乐性。文学作品的生命力在于它能寓教于乐。莎士比亚的作品不是枯燥的说教，而是能够给予读者或观众极大艺术享受的娱乐性创造物，往往具有明显的煽情效果，有意刺激人的欲望。这种艺术取向当然不是纯粹为了娱乐而娱乐，掩藏在背后的是当时西方人强有力的人本主义精神，即用以人为本的价值观来对抗欧洲上千年来以神为本的宗教价值观。重欲望、重娱乐的人本主义倾向明显对重神灵、重禁欲的神本主义产生了极大的挑战。当然，莎士比亚的人本主义与中国古人所主张的人本主义有很大的区别。要而言之，前者在相当大的程度上肯定了人的本能欲望或原始欲望的正当性，而后者则主要强调以人的仁爱为本规范人类社会秩序的高尚的道德要求。二者都具有娱乐效果，但前者具有纵欲性或开放性娱乐效果，后者则具有节欲性或适度自律性娱乐效果。换句话说，对于 16、17 世纪的西方人来说，莎士比亚的作品暗中契合了试图挣脱过分禁欲的宗教教义的约束而走向个性解放的千百万西方人的娱乐追求，因此，它会取得巨大成功是势所必然的。

第三，时势造英雄。人类其实从来不缺善于煽情的作手或视野宏阔的巨匠，缺的常常是时势和机遇。莎士比亚的时代恰恰是英国文艺复兴思潮达到鼎盛的时代。禁欲千年之久的欧洲社会如堤坝围裹的宏湖，表面上浪静风平，其底层却汹涌着决堤的纵欲性暗流。一旦湖堤洞开，飞涛大浪呼卷而下，浩浩汤汤，汇作长河，而莎士比亚恰好是河面上乘势而起的弄潮儿，其迎合西方人情趣的精湛表演，遂赢得两岸雷鸣般的喝彩声。时势不光涵盖社会发展的总趋势，也牵连着别的因素。比如说，文学或文化理论界、政治意识形态对莎士比亚作品理解、阐释的多样性与莎士比亚作品本身内容的多样性产生相辅相成的效果。"说不尽的莎士比亚"成了西方学术界的口头禅。西方的每一种意识形态理论，尤其是文学理论，要想获得有效性，都势必会将阐释莎士比亚的作品作为试金石。17世纪初的人文主义，18世纪的启蒙主义，19世纪的浪漫主义，20世纪的现实主义或批判现实主义，都不同程度地、选择性地把莎士比亚作品作为阐释其理论特点的例证。也许17世纪的古典主义曾经阻遏过西方人对莎士比亚作品的过度热情，但是19世纪的浪漫主义流派却把莎士比亚作品推崇到无以复加的崇高地位，莎士比亚俨然成了西方文学的神灵。20世纪以来，西方资本主义阵营和社会主义阵营可以说在意识形态的各个方面都互相对立，势同水火，可是在对待莎士比亚的问题上，居然有着惊人的共识与默契。不用说，社会主义阵营的立场与社会主义理论的创始人马克思（Karl Marx）、恩格斯（Friedrich Engels）个人的审美情趣息息相关。马克思一家都是莎士比亚的粉丝；马克思称莎士比亚为"人类最伟大的天才之一，人类文学奥林波斯山上的宙斯"！他号召作家们要更加莎士比亚化。恩格斯甚至指出："单是《快乐的温莎巧妇》[1]的第一幕就比全部德国文学包含着更多的生活气息。"不用说，这些话多多少少有某种程度的文学性夸张，但对莎士比亚的崇高地位来说，却无疑产生了极大的推动作用。

第四，1623年版《莎士比亚全集》奠定莎士比亚崇拜传统。这个版本即眼前译本所依据的皇家版《莎士比亚全集》（*The RSC William Shakespeare: Complete Works*, 2007）的主要内容。该版本产生于莎士比亚去世的第七年。莎士比亚的舞台同仁赫明奇（John Heminge）和康德尔（Henry Condell）整理出版了第一部莎士比亚戏剧集。当时的大学者、大

---

1 英文剧名为 The Merry Wives of Windsor，朱生豪先生译作《温莎的风流娘儿们》；重译本综合考虑剧情和英文书名，译作《快乐的温莎巧妇》。

作家本·琼森为之题诗，诗中写道："他非一代骚人，实属万古千秋。"这个调子奠定了莎士比亚偶像崇拜的传统。而这个传统一旦形成，后人就难以反抗。英国文学中的莎士比亚偶像崇拜传统已经形成了一种自我完善、自我调整、自我更新的机制。至少近两百年来，莎士比亚的文学成就已被宣传成世界文学的顶峰。

第五，现在署名"莎士比亚"的作品很可能不只是莎士比亚一个人的成果，而是凝聚了当时英国若干戏剧创作精英的团体努力。众多大作家的智慧浓缩在以"莎士比亚"为代号的作品集中，其成就的伟大性自然就获得了解释。当然，这最后一点只是莎士比亚研究界若干学者的研究性推测，远非定论。有的莎士比亚著作爱好者害怕一旦证明莎士比亚不是署名为"莎士比亚"的著作的作者，莎士比亚的著作便失去了价值，这完全是杞人忧天。道理很简单，人们即使证明了《红楼梦》的作者不是曹雪芹，或《三国演义》的作者不是罗贯中，也丝毫不影响这些作品的伟大价值。同理，人们即使证明了《莎士比亚全集》不是莎士比亚一个人创作的，也丝毫不会影响《莎士比亚全集》是世界文学中的伟大作品这个事实，反倒会更有力地证明这个事实，因为集体的智慧远胜于个人。

皇家版《莎士比亚全集》译本翻译总思路

横亘于前的这套新译本，是依据当今莎学界最负声望的皇家版《莎士比亚全集》进行翻译的，而皇家版又正是以本·琼森题过诗的1623年版《莎士比亚全集》为主要依据。

这套译本是在考察了中国现有的各种译本后，根据新的历史条件和新的翻译目的打造出来的。其总的翻译思路是本套译本主编会同外语教学与研究出版社的相关领导和责任编辑讨论的结果。总起来说，皇家版《莎士比亚全集》译本在翻译思路上主要遵循了以下几条：

1. 版本依据。如上所述，本版汉译本译文以英国皇家版《莎士比亚全集》为基本依据。但在翻译过程中，译者亦酌情参阅了其他版本，以增进对原作的理解。

2. 翻译内容包括：内页所含全部文字。例如作品介绍与评论、正文、注释等。

3. 注释处理问题。对于注释的处理：1）翻译时，如果正文译文已经将英文版某注释的基本含义较准确地表达出来了，则该注释即可取消；2）如果正文译文只是部分地将英文版对应注释的基本含义表达出来，则该注释可以视情况部分或全部保留；3）如果注释本身存疑，可以在保留原注的情况下，加入译者的新注。但是所加内容务必有理有据。

4. 翻译风格问题。对于风格的处理：1）在整体风格上，译文应该尽量逼肖原作整体风格，包括以诗体译诗体，以散体译散体；2）在具体的文字传输处理上，通常应该注重汉译本身的文字魅力，增强汉译本的可读性。不宜太白话，不宜太文言；文白用语，宜尽量自然得体。句子不要太绕，注意汉语自身表达的句法结构，尤其是其逻辑表达方式。意义的异化性不等于文字形式本身的异化性，因此要注意用汉语的归化性来传输、保留原作含义的异化性。朱生豪先生的译本语言流畅、可读性强，但可惜不是诗体，有违原作形式。当下译本是要在承传朱先生译本优点的基础上，根据新时代的读者审美趣味，取得新的进展。梁实秋先生等的译本，在达意的准确性上，比朱译有所进步，也是我们应该吸纳的优点。但是梁译文采不足，则须注意避其短。方平先生等的译本，也把莎士比亚翻译往前推进了一步，在进行大规模诗体翻译方面作出了宝贵的尝试，但是离真正的诗体尚有距离。此外，前此的所有译本对于莎士比亚原作的色情类用语都有程度不同的忽略，本套皇家版译本则尽力在此方面还原莎士比亚的本真状态（论述见后文）。其他还有一些译本，亦都应该受到我们的关注，处理原则类推。每种译本都有自己独特的东西。我们希望美的译文是这套译本的突出特点。

5. 借鉴他种汉译本问题。凡是我们曾经参考过的较好的译本，都在适当的地方加以注明，承认前辈译者的功绩。借鉴利用是完全必要的，但是要正大光明，避免暗中抄袭。

6. 具体翻译策略问题特别关键，下文将其单列进行陈述。

莎士比亚作品翻译领域大转折：真正的诗体译本

莎士比亚首先是一个诗人。莎士比亚的作品基本上都以诗体写成。因此，要想尽可能还原本真的莎士比亚，就必须将莎士比亚作品翻译成为诗体而不是散文，这在莎学界已经成为共识。但是紧接而来的问题是：什么叫诗体？或需要什么样的诗体？

按照我们的想法：1）所谓诗体，首先是措辞上的诗味必须尽可能浓郁；2）节奏上的诗味（包括分行）等要予以高度重视；3）结合中国人的审美习惯，剧文可以押韵，也可以不押韵。但不押韵的剧文首先要满足前两个要求。

本全集翻译原计划由笔者一个人来完成。但是，莎士比亚的创作具有惊人的多样性，其作品来源也明显具有莎士比亚时代若干其他作家与作品的痕迹，因此，完全由某一个译者翻译成一种风格，也许难免偏颇，难以和莎士比亚风格的多样性相呼应。所以，集众人的力量来完成大业，应该更加合理，更加具有可操作性。

具体说来，新时代提出了什么要求？简而言之，就是用真正的诗体翻译莎士比亚的诗体剧文。这个任务，是朱生豪先生无法完成的。朱先生说过，他在翻译莎士比亚作品时，"当然预备全部用散文译出，否则将要了我的命"。[1] 显然，朱先生也考虑过用诗体来翻译莎士比亚著作的问题，但是他的结论是：第一，靠单独一个人用诗体翻译《莎士比亚全集》是办不到的，会因此累死；第二，他用散文翻译也是不得已的办法，因为只有这样他才有可能在有生之年完成《莎士比亚全集》的翻译工作。

将《莎士比亚全集》翻译成诗体比翻译成散文体要难得多。难到什么程度呢？和朱生豪先生的翻译进度比较一下就知道了。朱先生翻译得最快的时候，一天可以翻译一万字。[2] 为什么会这么快？朱先生才华过人，这当然是一个因素，但关键因素是：他是用散文翻译的。用真正的诗体就不一样了。以笔者自己的体验，今日照样用散文翻译莎士比亚剧本，最快时也可达到每日一万字。这是因为今日的译者有比以前更完备的注释本和众多的前辈汉译本作参考，至少在理解原著时，要比朱先生当年省力得多，所以翻译速度上最高达到一万字是不难的。但是翻译成诗体就是另外一回事了。这比自己写诗还要难得多。写诗是自己随意发挥，译诗则必须按照别人的意思发挥，等于是戴着镣铐跳舞。笔者自己写诗，诗兴浓时，一天数百行都可以写得出来，但是翻译诗，一天只能是几十行，统计成字数，往往还不到一千字，最多只是朱生豪先生散文翻译速度的十分之一。梁实秋先生翻译《莎士比亚全集》用的也是散文，但是也花了 37 年，如果要翻译成真正的诗体，那么至少得 370 年！由此可见，真正的诗体《莎士比亚全集》汉译本的诞生，有多么艰难。此次笔者约稿的各位译者，都是用诗体翻译，并且都表示花费了大量的时间，

1　见朱生豪大约在 1936 年夏致宋清如信："今天下午，我试译了两页莎士比亚，还算顺利，不过恐怕终于不过是 Poor Stuff 而已。当然预备全部用散文译出，否则将要了我的命。"(《伉俪：朱生豪宋清如诗文选》下卷，中国青年出版社，2013 年，第 94 页)

2　朱生豪："今天因为提起了精神，却很兴奋，晚上译了六千字，今天一共译一万字。"(同上，第 101 页)

皇家版《莎士比亚全集》译本凝聚了诸位译者的多少努力，也就不言而喻了。

翻译诗体分辨：不是分了行就是真正的诗

主张将莎士比亚剧作翻译成诗体成了共识，但是什么才是诗体，却缺乏共识。在白话诗盛行的时代，许多人只是简单地认定分了行的文字就是诗这个概念。分行只是一个初级的现代诗要求，甚至不必是必然要求，因为有些称为诗的文字甚至连分行形式都没有。不过，在莎士比亚作品的翻译上，要让译文具有诗体的特征，首先是必定要分行的，因为莎士比亚原作本身就有严格的分行形式。这个不用多说。但是译文按莎士比亚的方式分了行，只是达到了一个初级的低标准。莎士比亚的剧文读起来像不像诗，还大有讲究。

卞之琳先生对此是颇有体会的。他的译本是分行式诗体，但是他自己也并不认为他译出的莎士比亚剧本就是真正的诗体译本。他说：读者阅读他的译本时，"如果……不感到是诗体，不妨就当散文读，就用散文标准来衡量"。[1] 这是一个诚实的译者说出的诚实话。不过，卞先生很谦虚，他有许多剧文其实读起来还是称得上诗体的。原因是什么？原因是他注意到了笔者上文提到的两点：第一，诗的措辞；第二，诗的节奏。只不过他迫于某些客观原因，并没有自始至终侧重这方面的追求而已。

显然，一些译本翻译了莎士比亚的剧文，在行数上靠近莎士比亚原作，措辞也还流畅。这些是不是就是理想的诗体莎士比亚译本呢？笔者认为，这还不够。什么是诗，对于中国人来说有几千年的历史，我们不

---

1 卞之琳：《莎士比亚悲剧四种》，方志出版社，2007 年，第 4 页。

能脱离这个悠久的传统来讨论这个问题。为此，我们不得不重新提到一些基本概念：什么是诗？什么是诗歌翻译？

诗歌是语言艺术，诗歌翻译也就必须是语言艺术

讨论诗歌翻译必须从讨论诗歌开始。

诗主情。诗言志。诚然。但诗歌首先应该是一种精妙的语言艺术。同理，诗歌的翻译也就不得不首先表现为同类精妙的语言艺术。若译者的语言平庸而无光彩，与原作的语言艺术程度差距太远，那就最多只是原诗含义的注释性文字，算不得真正的诗歌翻译。

那么，何谓诗歌的语言艺术？

无他，修辞造句、音韵格律一整套规矩而已。无规矩不成方圆，无限制难成大师。奥运会上所有的技能比赛，无不按照特定的规矩来显示参赛者高妙的技能。德国诗人歌德（Johann Wolfgang von Goethe）《自然和艺术》（"Natur und Kunst"）一诗最末两行亦彰扬此理：

非限制难见作手，

唯规矩予人自由。[1]

艺术家的"自由"，得心应手之谓也。诗歌既为语言艺术，自然就有一整套相应的语言艺术规则。诗人应用这套规则时，一旦达到得心应手的程度，那就是达到了真正成熟的境界。当然，规矩并非一点都不可打破，但只有能够将规矩使用到随心所欲而不逾矩的程度的人，才真正有资格去创立新规矩，丰富旧规矩。创新是在承传旧规则长处的基础上来进行的，而不是完全推翻旧规则，肆意妄为。事实证明，在语言艺术上

1　In der Beschränkung zeigt sich erst der Meister, / Und das Gesetz nur kann uns Freiheit geben. 参见 http://www.business-it.nl/files/7d413a5dca62fc735a072b16fbf050b1-27.php.

凡无视积淀千年的诗歌语言规则，随心所欲地巧立名目、乱行胡来者，永不可能在诗歌语言艺术上取得大的成就，所以歌德认为：

若徒有放任习性，

则永难至境遨游。[1]

诗歌语言艺术如此需要规则，如此不可放任不羁，诗歌的翻译自然也同样需要相类似的要求。这个要求就是笔者前面提出的主张：若原诗是精妙的语言艺术，则理论上说来，译诗也应是同类精妙的语言艺术。

但是，"同类"绝非"同样"。因为，由于原作和译作使用的语言载体不一样，其各自产生的语言艺术规则和效果也就各有各的特点，大多不可同样复制、照搬。所以译作的最高目标，是尽可能在译入语的语言艺术领域达到程度大致相近的语言艺术效果。这种大致相近的艺术效果程度可叫作"最佳近似度"。它实际上也就是一种翻译标准，只不过针对不同的文类，最佳近似度究竟在哪些因素方面可最佳程度地（并不一定是最大程度地）取得近似效果，不是一成不变的，而是具有高度的灵活性。不同的文类，甚至针对不同的受众，我们都可以设定不同的最佳近似度。这点在拙著《中西诗比较鉴赏与翻译理论》（清华大学出版社，2010 年）的相关章节中有详细的厘定，此不赘。

话与诗的关系：话不是诗

古人的口语本来就是白话，与现在的人说的口语是白话一个道理。

---

1 Vergebens werden ungebundene Geister / Nach der Vollendung reiner Höhe streben. 参 见 http://www.cosmiq.de/qa/show/3454062/Vergebens-werden-ungebundne-Geister-Nach-der-Vollendung-reiner-Hoehe-streben-Was-ist-die-Bedeutung-dieser-2-Verse-Ich-komm-nicht-drauf/t.

正因为白话太俗，不够文雅，古人慢慢将白话进行改进，使它更加规范、更加准确，并且用语更加丰富多彩，于是文言产生。在文言的基础上，还有更文的文字现象，那就是诗歌，于是诗歌产生。所以就诗歌而言，文言味实际上就是一种特殊的诗味。文言有浅近的文言，也有佶屈聱牙的文言。中国传统诗歌绝大多数是浅近的文言，但绝非口语、白话。诗中有话的因素，自不待言，但话的因素往往正是诗试图抑制的成分。

文言和诗歌的产生是低俗的口语进化到高雅、准确层次的标志。文言和诗歌的进一步发展使得语言的艺术性愈益增强。最终，文言和诗歌完成了艺术性语言的结晶化定型。这标志着古代文学和文学语言的伟大进步。《诗经》、楚辞、唐诗、宋词、元明戏曲，以及从先秦、汉、唐、宋、元至明清的散文等，都是中国语言艺术逐步登峰造极的明证。

人们往往忘记：话不是诗，诗是话的升华。话据说至少有**几十万年**的历史，而诗却只有**几千年**的历史。白话通过漫长的岁月才升华成了诗。因此，从理论上说，白话诗不是最好的诗，而只是低层次的、初级的诗。当一行文字写得不像是话时，它也许更像诗。"太阳落下山去了"是话，硬说它是诗，也只是平庸的诗，人人可为。而同样含义的"白日依山尽"不像是话，却是真正的诗，非一般人可为，只有诗人才写得出。它的语言表达方式与一般人的通用白话脱离开来了，实现了与通用语的偏离（deviation from the norm）。这里的通用语指人们天天使用的白话。试想把唐诗宋词译成白话，还有多少诗味剩下来？

谢谢古代先辈们一代又一代、不屈不挠的努力，话终于进化成了诗。

但是，20 世纪初一些激进的中国学者鼓荡起一场声势浩大的白话文运动。

客观说来，用白话文来书写、阅读自然科学和人文科学文献，例如哲学、政治学、伦理学、经济学等等文献，这都是**伟大的进步**。这个进步甚至可以上溯到八百多年前朱熹等大学者用白话体文章传输理学思想。对此笔者非常拥护，非常赞成。

但是约一百年前的白话诗运动却未免走向了极端，事实上是一种语言艺术方面的倒退行为。已经高度进化的诗词曲形式被强行要求返祖回归到三千多年前的类似白话的状态，已经高度语言艺术化了的诗被强行要求退化成话。艺术性相对较低的白话反倒成了正统，艺术性较高的诗反倒成了异端。其实，容许口语类白话诗和文言类诗并存，这才是正确的选择。但一些激进学者故意拔高白话地位，在诗歌创作领域搞成白话至上主义，这就走上了极端主义道路。

这个运动影响到诗歌翻译的结果是什么呢？结果是西方所有的大诗人，不论是古代的还是近代的，如荷马（Homer）、但丁（Dante）、莎士比亚、歌德、雨果（Victor Hugo）、普希金（Alexander Pushkin）……都莫名其妙地似乎用同一支笔写出了 20 世纪初才出现的味道几乎相同的白话文汉诗！

将产生这种极端性结果的原因再回推，我们会清楚地明白，当年的某些学者把文学艺术简单雷同于人文社会科学，误解了文学艺术，尤其是诗歌艺术的特殊性质，误以为诗就是话，混淆了诗与话的形式因素。

针对莎士比亚戏剧诗的翻译对策

由上可知，莎士比亚的剧文既然大多是格律诗，无论有韵无韵，它们都是诗，都有格律性。因此在汉译中，我们就有必要显示出它具有格律性，而这种格律性就是诗性。

问题在于，格律性是附着在语言形式上的；语言改变了，附着其上的格律性也就大多会消失。换句话说，格律大多不可复制或模仿，这就正如用钢琴弹不出二胡的效果，用古筝奏不出黑管的效果一样。但是，原作的内在旋律是可以模仿的，只是音色变了。原作的诗性是可以换个形式营造的，这就是利用汉语本身的语言特点营造出大略类似的语言艺术审美效果。

由于换了另外一种语言媒介，原作的语音美设计大多已经不能照搬、复制，甚至模拟了，那么我们就只好断然舍弃掉原作的许多语音美设计，而代之以译入语自身的语言艺术结构产生的语音美艺术设计。当然，原作的某些语音美设计还是可以尝试模拟保留的，但在通常的情况下，大多数的语音美已经不可能传输或复制了。

利用汉语本身的语音审美特点来营造莎士比亚诗歌的汉译语音审美效果，是莎士比亚作品翻译的一个有效途径。机械照搬原作的语音审美模式多半会失败，并且在大多数的场合下也没有必要。

具体说来，这就涉及翻译莎士比亚戏剧作品时该如何处理：1）节奏；2）韵律；3）措辞。笔者主张，在这三个方面，我们都可以适当借鉴利用中国古代词曲体的某些因素。戏剧剧文中的诗行一般都不宜多用单调的律诗和绝句体式。元明戏剧为什么没有采用前此盛行的五言或七言诗行而采用了长短错杂、众体皆备的词曲体？这是一种艺术形式发展的必然。元明曲体由于要更好更灵活地满足抒情、叙事、论理等诸多需要，故借用发展了词的形式，但不是纯粹的词，而是融入了民间语汇。词这种形式涵盖了一言、二言、三言、四言、五言、六言、七言、八言……乃至十多言的长短句式，因此利于表达变化莫测的情、事、理。从这个意义上看，莎士比亚剧文语言单位的参差不齐状态与中文词曲体句式的参差不齐状态正好有某种相互呼应的效果。

也许有人说，莎士比亚的剧文虽然是格律诗，但并不怎么押韵，因此汉诗翻译也就不必押韵。这个说法也有一定道理，但是道理并不充实。

首先，我们应该明白，既然莎士比亚的剧文是诗体，人们读到现今的散体译文或不押韵的分行译文却难以感受到其应有的诗歌风味，原因即在于其音乐性太弱。如果人们能够照搬莎士比亚素体诗所惯常用的音步效果及由此引起的措辞特点，当然更好。但事实上，原作的节奏效果是印欧语系语言本身的效果，换了一种语言，其效果就大多不能搬用了，所以我们只好利用汉语本身的优势来创造新的音乐美。这种音乐美很难说是原作的音乐美，但是它毕竟能够满足一点：即诗体剧文应该具有诗歌应有的音乐美这个起码要求。而汉译的押韵可以强化这种音乐美。

其次，莎士比亚的剧文不押韵是由诸多因素造成的。第一，属于印欧语系语言的英语在押韵方面存在先天的多音节不规则形式缺陷，导致押韵词汇范围相对较窄。所以对于英国诗人来说，很苦于押韵难工；莎士比亚的许多押韵体诗，例如十四行诗，在押韵方面都不很工整。其次，莎士比亚的剧文虽不押韵，却在节奏方面十分考究，这就弥补了音韵方面的不足。第三，莎士比亚的剧文几乎绝大多数是诗行，对于剧作者来说，每部长达两三千行的诗行行都要押韵，这是一个极大的挑战，很难完成。而一旦改用素体，剧作者便会轻松得多。但是，以上几点对于汉语译本则不是一个问题。汉语的词汇及语音构成方式决定了它天生就是一种有利于押韵的艺术性语言。汉语存在大量同韵字，押韵是一件很容易的事情。汉语的语音音调变化也比莎士比亚使用的英语的音调变化空间大一倍以上。汉语音调至少有四种（加上轻重变化可达六至八种），而英语的音调主要局限于轻重语调两种，所以存在于印欧语系文字诗歌中的频频押韵有时会产生的单调感，在汉语中会在很大程度上由于语调的多变而得到缓解。故汉语戏剧剧文在押韵方面有很大的潜在优势空间，实际上元明戏剧剧文频频押韵就是证明。

第三，莎士比亚的剧文虽然很多不押韵，但却具极强的节奏感。他惯用的格律多半是抑扬格五音步（iambic pentameter）诗行。如果我们在节奏方面难以传达原作的音美，或者可以通过韵律的音美来弥补节奏美的丧失，这种翻译对策谓之堤内损失堤外补，亦谓失之东隅，收之桑榆。我们的语言在某方面有缺陷，可以通过另一方面的优点来弥补。当然，笔者主张在一定程度上借鉴利用传统词曲的风味，却并不主张使用宋词、元曲式的严谨格律，而只是追求一种过分散文化和过分格律化之间的妥协状态。有韵但是不严格，要适当注意平仄，但不过多追求平仄效果及诗行的整齐与否；不必有太固定的建行形式，只是根据诗歌本身的内容和情绪赋予适当的节奏与韵式。在措辞上则保持与白话有一段距离，但是绝非佶屈聱牙的文言，而是趋近典雅、但普通读者也能读懂的语言。

最后，根据翻译标准多元互补论原理，由于莎士比亚作品在内容、形式及审美效应方面具有多样性，因此，只用一种类乎纯诗体译法来翻译所有的莎士比亚剧文，也是不完美的，因为单一的做法也许无形中堵塞了其他有益的审美趣味通道。因此，这套译本的译风虽然整体上强调诗化、诗味，但是在营造诗味的途径和程度上不是单一的。我们允许诗体译风的灵活性和创新性。多译者译法实际上也是在探索诗体译法的诸多可能性，这为我们将来进一步改进这套译本铺垫了一条较宽的道路。因此，译文从严格押韵、半押韵到不押韵的各个程度，译本都有涉猎。但是，无论是否押韵，其节奏和措辞应该总是富于诗意，这个要求则是统一的。这是我们对皇家版《莎士比亚全集》译本的语言和风格要求。不能说我们能完全达到这个目标，但我们是往这个方向努力的。正是这样的努力，使这套译本与前此译本有很大的差异，在一定的意义上来说，标志着中国莎士比亚著作翻译的一次大转折。

翻译突破：还原莎士比亚作品禁忌区域

另有一个课题是中国学者从前讨论得比较少的禁忌领域，即莎士比亚著作中的性描写现象。

许多西方学者认为，莎士比亚酷爱色情字眼，他的著作渗透着性描写、性暗示。只要有机会，他就总会在字里行间，用上与性相联系的双关语。西方人很早就搜罗莎士比亚著作的此类用语，编纂了莎士比亚淫秽用语词典。这类词典还不止一种。1995 年，我又看到弗朗基·鲁宾斯坦（Frankie Rubinstein）等编纂了《莎士比亚性双关语释义词典》（*A Dictionary of Shakespeare's Sexual Puns and Their Significance*），厚达 372 页。

赤裸裸的性描写或过多的淫秽用语在传统中国文学作品中是受到非议的，尽管有《金瓶梅》这样被判为淫秽作品的文学现象，但是中国传统的主流舆论还是抑制这类作品的。莎士比亚的作品固然不是通常意义上的淫秽作品，但是它的大量实际用语确实有很强的色情味。这个极鲜明的特点恰恰被前此的所有汉译本故意掩盖或在无意中抹杀掉。莎士比亚的所有汉译者，尤其是像朱生豪先生这样的译者，显然不愿意中国读者看到莎士比亚的文笔有非常泼辣的大量使用性相关脏话的特点。这个特点多半都被巧妙地漏译或改译。于是出现一种怪现象，莎士比亚著作中有些大段的篇章变成汉语后，尽管读起来是通顺的，读者对这些话语却往往感到莫名其妙。以《罗密欧与朱丽叶》第一幕第一场前面的 30 行台词为例，这是凯普莱特家两个仆人山普孙与葛莱古里之间的淫秽对话。但是，读者阅读过去的汉译本时，很难看到他们是在说淫秽的脏话，甚至会认为这些对话只是仆人之间的胡话，没有什么意义。

不过，前此的译本对这类用语和描写的态度也并不完全一样，而是依据年代距离在逐步改变。朱生豪先生的译本对这些东西删除改动得最多，梁实秋先生已经有所保留，但还是有节制。方平先生等的译本保留得更多一些，但仍然持有相当的保留态度。此外，从英语的不同版本看，有的版本注释得明白，有的版本故意模糊，有的版本注释者自己也没有弄懂这些双关语，那就更别说中国译者了。

在这一点上，我们目前使用的皇家版《莎士比亚全集》是做得最好的。

那么，我们该怎样来翻译莎士比亚的这种用语呢？是迫于传统中国道德取向的习惯巧妙地回避，还是尽可能忠实地传达莎士比亚的本真用意？我们认为，前此的译本依据各自所处时代的中国人道德价值的接受状态，采用了相应的翻译对策，出现了某种程度的曲译，这是可以理解的，是特定历史条件下的产物。但是，历史在前进，中国人的道德观已经有了很大的改变，尤其是在性禁忌领域。说实话，无论我们怎样真实地还原莎士比亚著作中的性双关描写，比起当代文学作品中有时无所忌讳的淫秽描写来，莎士比亚还真是有小巫见大巫的感觉。换句话说，目前中国人在这方面的外来道德价值接受状态，已经完全可以接受莎士比亚著作中的性双关用语了。因此，我们的做法是尽可能真实还原莎士比亚性相关用语的现象。在通常的情况下，如果直译不能实现这种现象的传输，我们就采用注释。可以说，在这方面，目前这个版本是所有莎士比亚汉译本中做得最超前的。

译法示例

莎士比亚作品的文字具有多种风格，早期的、中期的和晚期的语言风格有明显区别，悲剧、喜剧、历史剧、十四行诗的语言风格也有区别。甚至同样是悲剧或喜剧，莎士比亚的语言风格往往也会很不相同。比如同样是属于悲剧，《罗密欧与朱丽叶》剧文中就常常有押韵的段落，而大悲剧《李尔王》却很少押韵；同样是喜剧，《威尼斯商人》是格律素体诗，而《快乐的温莎巧妇》却大多是散文体。

　　与此现象相应，我们的翻译当然也就有多种风格。虽然不完全一一
对应，但我们有意避免将莎士比亚著作翻译成千篇一律的一种文体。从
这个意义上说，皇家版《莎士比亚全集》汉译本在某些方面采用了全新
的译法。这种全新译法不是孤立的一种译法，而是力求展示多种翻译风
格、多种审美尝试。多样化为我们将来精益求精提供了相对更多的选择。
如果现在固定为一种单一的风格，那么将来要想有新的突破，就困难了。
概括说来，我们的多种翻译风格主要包括：1) 有韵体诗词曲风味译法；
2) 有韵体现代文白融合译法；3) 无韵体白话诗译法。下面依次选出若
干相应风格的译例，供读者和有关方面品鉴。

一、有韵体诗词曲风味译法
　　有韵体诗词曲风味译法注意使用一些传统诗词曲中诗味比较浓郁
的词汇，同时注意遣词不偏僻，节奏比较明快，音韵也比较和谐。但
是，它们并不是严格意义上的传统诗词曲，只是带点诗词曲的风味而已。
例如：

> **女巫甲**　何时我等再相逢？
> 　　　　　闪电雷鸣急雨中？
> **女巫乙**　待到硝烟烽火静，
> 　　　　　沙场成败见雌雄。
> **女巫丙**　残阳犹挂在西空。　　　　　　　（《麦克白》第一幕第一场）

> **小丑甲**　当时年少爱风流，
> 　　　　　有滋有味有甜头；
> 　　　　　行乐哪管韶华逝，
> 　　　　　天下柔情最销愁。　　　　　（《哈姆莱特》第五幕第一场）

朱丽叶　　天未曙，罗郎，何苦别意匆忙？
　　　　　鸟音啼，声声亮，惊骇罗郎心房。
　　　　　休听作破晓云雀歌，只是夜莺唱，
　　　　　石榴树间，夜夜有它设歌场。
　　　　　信我，罗郎，端的只是夜莺轻唱。

罗密欧　　不，是云雀报晓，不是莺歌，
　　　　　看东方，无情朝阳，暗洒霞光，
　　　　　流云万朵，镶嵌银带飘如浪。
　　　　　星斗如烛，恰似残灯剩微芒，
　　　　　欢乐白昼，悄然驻步雾嶂群岗。
　　　　　奈何，我去也则生，留也必亡。

朱丽叶　　听我言，天际微芒非破晓霞光，
　　　　　只是金乌，吐射流星当空亮，
　　　　　似明炬，今夜为郎，朗照边邦，
　　　　　何愁它曼托瓦路，漫远悠长。
　　　　　且稍待，正无须行色皇皇仓仓。

罗密欧　　纵身陷人手，蒙斧钺加诛于刑场；
　　　　　只要这勾留遂你愿，我欣然承当。
　　　　　让我说，那天际灰朦，非黎明醒眼，
　　　　　乃月神眉宇，幽幽映现，淡淡辉光；
　　　　　那歌鸣亦非云雀之讴，哪怕它
　　　　　嚣然振动于头上空冥，嘹亮高亢。
　　　　　我巴不得栖身此地，永不他往。
　　　　　来吧，死亡！倘朱丽叶愿遂此望。
　　　　　如何，心肝？畅谈吧，趁夜色迷茫。

　　　　　　　　　　　　（《罗密欧与朱丽叶》第三幕第五场）

二、有韵体现代文白融合译法

有韵体现代文白融合译法的特点是：基本押韵，措辞上白话与文言尽量能够水乳交融；充分利用诗歌的现代节奏感，俾便能够念起来朗朗上口。例如：

哈姆莱特 死，还是生？这才是问题根本：

莫道是苦海无涯，但操戈奋进，

终赢得一片清平；或默对逆运，

忍受它箭石交攻，敢问，

两番选择，何为上乘？

死灭，睡也，倘借得长眠

可治心伤，愈千万肉身苦痛痕，

则岂非美境，人所追寻？死，睡也，

睡中或有梦魇生，唉，症结在此；

倘能撒手这碌碌凡尘，长入死梦，

又谁知梦境何形？念及此忧，

不由人踌躇难定：这满腹疑情

竟使人苟延年命，忍对苦难平生。

假如借短刀一柄，即可解脱身心，

谁甘愿受人世的鞭挞与讥评，

强权者的威压，傲慢者的骄横，

失恋的痛楚，法律的耽延，

官吏的暴虐，甚或默受小人

对贤德者肆意拳脚加身？

谁又愿肩负这如许重担，

流汗、呻吟，疲于奔命，

倘非对死后的处境心存疑云，

惧那未经发现的国土从古至今
无孤旅归来，意志的迷惘
使我辈宁愿忍受现世的忧闷，
而不敢飞身投向未知的苦境？
前瞻后顾使我们全成懦夫，
于是，本色天然的决断决行，
罩上了一层思想的惨淡余阴，
只可惜诸多待举的宏图大业，
竟因此如逝水忽然转向而行，
失掉行动的名分。　　　（《哈姆莱特》第三幕第一场）

麦克白　若做了便是了，则快了便是好。
　　　　　若暗下毒手却能横超果报，
　　　　　割人首级却赢得绝世功高，
　　　　　则一击得手便大功告成，
　　　　　千了百了，那么此际此宵，
　　　　　身处时间之海的沙滩、岸畔，
　　　　　何管它来世风险逍遥。但这种事，
　　　　　现世永远有裁判的公道：
　　　　　教人杀戮之策者，必受杀戮之报；
　　　　　给别人下毒者，自有公平正义之手
　　　　　让下毒者自食盘中毒肴。　　　（《麦克白》第一幕第七场）

损神，耗精，愧煞了浪子风流，
都只为纵欲眠花卧柳，
阴谋，好杀，赌假咒，坏事做到头；

心毒手狠，野蛮粗暴，背信弃义不知羞。

才尝得云雨乐，转眼意趣休。

舍命追求，一到手，没来由

便厌腻个透。呀恰，恰像是钓钩，

但吞香饵，管教你六神无主不自由。

求时疯狂，得时也疯狂，

曾有，现有，还想有，要玩总玩不够。

适才是甜头，转瞬成苦头。

求欢同枕前，梦破云雨后。

唉，普天下谁不知这般儿歹症候，

却避不得便往这通阴曹的天堂路儿上走！

（十四行诗第一百二十九首）

三、无韵体白话诗译法

无韵体白话诗译法的特点是：虽然不押韵，但是译文有很明显的和谐节奏，措辞畅达，有诗味，明显不是普通的口语。例如：

贡妮芮 父亲，我爱您非语言所能表达；

胜过自己的眼睛、天地、自由；

超乎世上的财富或珍宝；犹如

德貌双全、康强、荣誉的生命。

子女献爱，父亲见爱，至多如此；

这种爱使言语贫乏，谈吐空虚：

超过这一切的比拟——我爱您。（《李尔王》第一幕第一场）

李尔 国王要跟康沃尔说话，慈爱的父亲

要跟他女儿说话，命令、等候他们服待。

这话通禀他们了吗？我的气血都飙起来了！
火爆？火爆公爵？去告诉那烈性公爵——
不，还是别急：也许他是真不舒服。
人病了，常会疏忽健康时应尽的
责任。身子受折磨，
逼着头脑跟它受苦，
人就不由自主了。我要忍耐，
不再顺着我过度的轻率任性，
把难受病人偶然的发作，错认是
健康人的行为。我的王权废掉算了！
为什么要他坐在这里？这种行为
使我相信公爵夫妇不来见我
是伎俩。把我的仆人放出来。
去跟公爵夫妇讲，我要跟他们说话，
现在就要。叫他们出来听我说，
不然我要在他们房门前打起鼓来，
不让他们好睡。　　　　　　　（《李尔王》第二幕第二场）

奥瑟罗　诸位德高望重的大人，
　　　　我崇敬无比的主子，
　　　　我带走了这位元老的女儿，
　　　　这是真的；真的，我和她结了婚，说到底，
　　　　这就是我最大的罪状，再也没有什么罪名
　　　　可以加到我头上了。我虽然
　　　　说话粗鲁，不会花言巧语，
　　　　但是七年来我用尽了双臂之力，

直到九个月前，我一直
都在战场上拼死拼活，
所以对于这个世界，我只知道
冲锋向前，不敢退缩落后，
也不会用漂亮的字眼来掩饰
不漂亮的行为。不过，如果诸位愿意耐心听听，
我也可以把我没有化装掩盖的全部过程，
一五一十地摆到诸位面前，接受批判：
我绝没有用过什么迷魂汤药、魔法妖术，
还有什么歪门邪道——反正我得到他的女儿，
全用不着这一套。　　　　（《奥瑟罗》第一幕第三场）

目　录

《泰特斯·安德洛尼克斯》导言

　　从 18 世纪起一直到第二次世界大战，《泰特斯·安德洛尼克斯》（*Titus Andronicus*，后简称《泰》）一剧因其特有的震惊效应和对公众固有的高贵优雅罗马传统概念的颠覆，很少在舞台公演，且常常被剔除在莎剧之外。位居高态的评论家与学者们很难想象国宝级的诗人莎士比亚居然允许自己的作品中出现对奸淫、肢解和食人的野蛮盛宴的描写。然而事实上，《泰》剧是伊丽莎白时期最受欢迎的剧目之一。

　　全剧借助想象，通过将历史与创意糅杂融合，创写出民主与帝国兼具的罗马。本剧与其说是历史故事，不妨说是对历史的冥想，可称为"超历史"之作。就剧中的政治结构而言，早期的罗马共和国与后期的罗马帝国交互叠杂，可谓一脉相承，同时还混有伊丽莎白女王（Queen Elizabeth）统治后期的英国元素：萨特尼纳斯与巴西安纳斯就皇位继承问题的公开分歧恰好影射了莎士比亚创作该剧时的英国现实：在位的童贞女王——伊丽莎白一世正值暮年，几路候选人钩心斗角，意夺王位。

　　其次，该剧貌似罗马历史的一段，着实令人浮想联翩，却又并非如此。剧中螺旋式的复仇以杀人祭牲肇始，即屠戮哥特女王鞑魔拉的长子阿拉勃斯来血祭与哥特人激战中阵亡的罗马将军泰特斯的儿子们。从历史的维度来说，古罗马从未有过"人牲"，但几乎所有文化传统中都有"人牲"的原初印记。对莎士比亚及其观众来说，罗马能唤起人们对罗马天主教会以及早先的异教徒帝国的回忆。由此，剧中的种种行为便被赋予了丰富的影射意义，如终极祭祀（ultimate sacrifice）、上帝之子被钉十字架（the crucifixion of God's own Son）以及由此引发的教义差异。对天主教徒和新教徒而言，"殉道"（martyred）一词同样意义深远，在剧中则适用于拉维妮娅。拉维妮娅在帮助父亲杀死艾戎和德魔瑞乌斯之后，父亲让她"接血"（receive the blood），可谓是对"圣餐"（the Eucharist）语言的阴郁模仿，尽管"圣餐"中的滴滴鲜血昭示的是耶稣拯救世界（至于盛宴之上的酒是真实的血液还是仅为象征符号，这一问题迄今仍激辩不休）。

英国剧作家克里斯托弗·马洛（Christopher Marlowe）一向被誉为英国戏剧之初"愤怒的年轻人"，而《泰》剧也为莎士比亚打上了地道的"马洛继承者"的印记。剧中阿戎对自己无耻行为的窃喜和志满意得的嘴脸与马洛的《马耳他岛的犹太人》（Jew of Malta）中吹牛的巴拉巴斯（Barabas）和伊萨摩尔（Ithamore）可谓蛇鼠一窝，臭味相投。同时，莎士比亚又逆其道而行之。他截取那个时代的平常琐事，对之进行逆常规的加工，抑或砍之劈之，烘之烤之。世人常道，罗马与文明齐名，哥特则与野蛮为伍；而莎士比亚则探寻罗马与哥特森林同样荒蛮的可能性。罗马斯多葛学派（Stoicism）认为高度克制人的情感大有裨益；而莎士比亚则呼吁给情感一种宣泄的渠道（"愁肠百结，好比置身烤炉，一气不透／生生地炙烤呵，叫你心如死灰，渣烬残留"）。另外，法律规定要由司法体系对罪恶进行惩罚；于是莎士比亚选择将终令人自食其果的复仇之惑戏剧化，增强自我复仇之快感与魅惑。在剧中，女儿横遭奸淫残害，法律无助失语；甚至连寻求皇家公正的小丑也被专横杀害。由此，泰特斯加大了复仇的赌注，精心密谋，以至于复仇之恶远超原初之罪。这不过是人类本能的极端化表现——警方对盗窃行为视若无睹，导致屋主不得不用猎枪来解决问题。

从结构上来讲，《泰》剧中的暴力行为并非空穴来风，而是带有明显的人为加工痕迹。剧中故事情节颇具残酷却不失高雅华美的对称：阿拉勃斯的四肢被砍，而拉维妮娅亦遭此毒手；因哥特女王鞑靡拉失去爱子，罗马将军泰特斯必痛失爱女。自古希腊悲剧时期起，西方文化已然笼罩在复仇者的阴影之下。他或她立足于一系列的对立边缘：文明与野蛮，个人的良知责任与群体的法治需要，正义与怜悯的冲突性需求。那么，人们是否有权利——甚至责任——去报复那伤害至爱亲人之人？或者，是否应该让法律或神明来惩处这种种罪恶？倘若亲自复仇，是否人们自身的道德水准已然在复仇中降至与恶之始作俑者一般？在伊丽莎白时代的公众剧院，托马斯·基德（Thomas Kyd）在《西班牙悲剧》（*The Spanish Tragedy*）中已然开始探索如上问题。莎士比亚在《泰》剧中进一步探讨了这些问题，后在《哈姆莱特》（*Hamlet*）一剧中将之发挥到极致。

显然，复仇剧对伦理窘境的处理并不亚于对情感创伤的拿捏，二者皆游刃有余，得当有度。《西班牙悲剧》中的赫罗尼莫（Hieronimo）由于爱子之死而疯癫，到最后悲苦无法言表，唯有咬舌以解其苦。而泰特斯说"或者，像你一样，我们咬掉舌头，/ 在默默寂静中了却这面目可憎的残生？"这可谓是赫罗尼莫在莎剧中的意象重现。

苦极痛极之状可否以语言来倾诉？这就又涉及诗体悲剧（poetic tragedy）传统的净化（cathartic）功能。在《泰》剧中，玛克斯作为全剧最主要的"旁观者（spectator figure）"，面对侄女拉维妮娅那骇人听闻的遭遇，挖空心思寻找可以"聊慰其苦"的悲词哀句。父亲泰特斯紧紧拥拉维妮娅入怀，尝试以此分担女儿的苦痛，并将她比作哭泣的风，将自己先后比作海洋和大地。即便如此，在拉维妮娅面前，任何语言都显得苍白而单薄。纵贯全剧，莎士比亚的笔锋在真言与假说、理智与疯狂、演说与沉默间跌宕有致，错落起伏。

　　值得一提的是，莎士比亚着迷于"体为心声"的艺术表达手法。在伊丽莎白时代，戏剧演员与观众的沟通方式有两种：言语和身势语。莎士比亚的演员出身使他熟谙当时相对粗糙的保留剧目的共同特征——精巧的修辞语言与高度形式化的身势语。在他所处的 16 世纪 90 年代早期，票房最高的演员是爱德华·阿莱恩（Edward Alleyn）。作为第一个饰赫罗尼莫的演员，阿莱恩以华丽宏壮的风格闻名。但莎士比亚却认识到在舞台上表演"过度"的危险，遂与其主演理查德·伯比奇（Richard Burbage）密切合作，寻求一种更为精巧的风格，让诗化的语言成为传情达意而非华丽陈饰的媒介，以此更多地去挖掘内心的生活。当然，为博观众眼球，《泰》剧并不乏华丽的语言和冠冕堂皇的铺陈；但其匠心独运之处在于，在一些篇章中莎士比亚有意避免了剧作家常用的语言与身势语。基德的赫罗尼莫只是在终场死前咬舌从而归于言语和精神上的双重安宁，而莎士比亚让拉维妮娅在半场之前就失去了舌头。余下的剧幕中，她只能上演哑剧（dumb show）。同时，她因双手被砍，也不能用任何身势语表达自我。她已经活脱脱地成为男人戕害女人的视觉符号。因此，她的父亲泰特斯将军才不得不根据她残肢的"殉道标记"来推断拉维妮娅心灵的"只言片语"。

　　另外，泰特斯自己身经百战，亦九死一生，莎士比亚以此说明真实的人并非超人或动作英雄，而是柔弱造物。泰特斯伤痕累累，污手垢面，忍辱负重，但遭受残酷现实的洗礼之后，他依然斗志昂扬、不可战胜：

玛克斯，我们原本灌木，并非雪松，

更不具库克洛普斯的虎背熊腰，

然而，玛克斯，我们却有铮铮铁骨，金刚脊梁。

这桩桩不义之举，令人不堪重负。

同时，该剧还刻画出了莎士比亚笔下第一个大恶棍形象——阿戎，他是后来许许多多恶人的模版，如理查三世（Richard Ⅲ）、《奥瑟罗》（*Othello*）中的伊阿戈（Iago）和《李尔王》（*King Lear*）中的爱德蒙（Edmund）。同时，阿戎也是英国戏剧中的第一个黑人形象。在剧中，他作为一个彻头彻尾的"局外人"，起初看来完全是魔鬼的化身，但发展到最后，却又出现了令人震惊的转机。"黑色皮肤有那么下贱吗？"——当奶妈口吐侮辱之言将新生婴孩递给他时，他对奶妈发出了质问。正是这种身为黑人的自豪感和父爱消解了将黑色等同为罪恶的古老的种族主义等式。

《泰特斯·安德洛尼克斯》就像一个天资聪颖的淘气男孩的杰作。在埃文河畔斯特拉特福（Stratford-upon-Avon）的文法学校中，小威尔本应学到研习经典作品的目的在于受到英雄行为和道德美德的熏陶与启发，如普卢塔克（Plutarch）的《希腊罗马名人传》（*Lives of the Most Noble Grecians and Romanes*）一书中所传达的讯息——由此他将得以创作出《尤力乌斯·凯撒》（*Julius Caesar*）和《安东尼与克莉奥佩特拉》（*Antony and Cleopatra*）。然而，他却也从卷卷经典古籍中读出了这些光辉故事的血腥残暴，遑论那历历在目的性犯罪场景。《泰》的亮点在于全剧充满了伊丽莎白时代课堂的语言氛围，如运用了 tutor（教员）、instruct（指点）、lesson（教训）等词，但其奉经典文学为"范例模板"并非用于传统意义上的歌功颂德，而是借以描述罪行恶为。奥维德《变形记》（Ovid, *Metamorphoses*）中所讲述的菲洛梅尔（Philomel）被忒柔斯（Tereus）奸淫以及她姐姐普洛克涅（Progne）进行血腥报复的故事先是被德魔瑞乌斯和艾戎提出，作为他们意欲对拉维妮娅下手的范式，后又被泰特斯作为报复的样板提及。并且，也正是通过奥维德的书才使被割舌的拉维妮娅得以揭露出事情的真相。

此外，从来在经典文学的传统范畴中，悲剧、喜剧各行其道，互不

相干，悲剧要尽力避免由于接近喜剧而导致的由高级艺术向低级艺术的
"下嫁"。莎士比亚并非不谙此道，此种认知在他的作品中亦有展现：在
所有的已成经典的剧目中，《尤力乌斯·凯撒》很可能是笑声最少的。
但在《泰》剧中，他恣意与这些经典教条背道而驰。关键的一点是，他
认识到悲剧与滑稽剧之间其实相隔咫尺。也就是说，在距离现代好莱坞
诞生"可怕的孩子们"（*enfants terribles*）四百年之前，莎士比亚就已
经注意到观众对从暴力到幽默的过山车般审美体验情有独钟。一般来
说，笑话总是以取笑某人作为代价，而严肃艺术家的职责之一便是恰如
其分地把握良好艺术品位的界限，从而使大众能够发现对艺术对象用力
过猛往往反倒得不偿失，导致艺术的审美困境。

　　若说该剧有所不足，则是开场时高度格式化的情节行为与语言所促
成的僵硬感使人联想到古典主义最单调冗乏之时，这无疑成为了常被诟
病之处。这或许并非莎士比亚的过失：现代学者通过令人信服的细读式
文体分析手段认为《泰》剧是由另一位戏剧家乔治·皮勒（George Peele）
开创。乔治有着良好的古典素养，并对全方位的舞台对称式表演及夸张
华丽的修辞学独具品味。显然，该剧主题巧妙融合，浑然天成，涵盖罗
马历史之多样性——在这一点上，说此剧开场笔出皮勒似乎可信度更高
些。但是，究竟该剧系莎士比亚与皮勒的有意合作，还是莎翁只是重写
或补全残篇，我们不得而知；至于从哪部分起为莎翁独创更无从知晓，
尽管所有最具戏剧性的几幕皆出自莎翁之手无可置疑——从奸淫、砍手
至杀蝇宴（此系后增补内容，在先前的文本中并不存在）直到最后全剧
高潮部分的人肉盛宴。

　　也许最富莎士比亚特点的瞬间——即远超皮勒笔力所及的戏剧性一
举——在于当泰特斯家破人亡，弟弟玛克斯告诉他是时候刮起"狂风骤
雨"，是时候撕扯自己的头发并将满腔怒火转化为义愤填膺的陈词，甚至
是时候模仿拙劣演员的粗糙台风发表咆哮式的演说，而泰特斯并没有哭，

亦无咒骂。他大笑起来。在极端的情形之下，一切的约定俗成已然失语。在现实生活中，悲剧、喜剧之间本就不存在无可逾越的鸿沟。威廉·华兹华斯（William Wordsworth）曾状写过此种思想：压抑太深，泪不可及。只有莎士比亚将这一震惊而富有人性化的观点带入戏剧，将超越眼泪的情感用笑声而非沉默表现了出来。

参考资料

作者：该剧大部分是由莎士比亚所作，但第一幕以及可能第二幕、第四幕的开始部分具有皮勒的文体风格。究竟全剧属于二人合作，还是莎士比亚将皮勒旧稿中尤其是后边的剧幕进行了大刀阔斧的修改，皆不得而知。1598年弗朗西斯·米尔斯（Francis Meres）和1623年对开本的编辑们毫不犹豫地将此剧作者认定为莎士比亚。

剧情：二位皇子萨特尼纳斯和巴西安纳斯都觊觎罗马皇位。罗马的元勋将军泰特斯·安德洛尼克斯刚刚结束与哥特人的战争返回，带回了包括哥特女王鞑魔拉及其儿子们和情人摩尔人阿戎在内的俘虏。女王长子被泰特斯杀死作为祭牲，女王发誓要复仇。泰特斯被弟弟罗马保民官玛克斯提名为罗马皇帝。泰特斯拒绝了，并提名萨特尼纳斯为罗马新皇。为回报大恩，新皇允诺娶泰特斯之女拉维妮娅为皇后，但她与巴西安纳斯已有婚约。于是，被鞑魔拉迷昏头脑的萨特尼纳斯娶其为妻并封后。在阿戎的操纵怂恿之下，鞑魔拉的两个儿子德魔瑞乌斯和艾戎杀死了巴西安纳斯，奸淫了拉维妮娅并残忍地砍断她的双手，割去她的舌头，以为自己的母亲报仇。阿戎还故意将泰特斯的两个儿子牵扯其中，使其丧命。泰特斯发誓复仇，并派仅剩之子卢修斯到哥特重建军队。最后，泰特斯杀死了鞑魔拉的两个儿子并将他们烹成肉饼，邀请其母鞑魔拉品尝，然后杀死她，以此复仇泄恨。他自己被萨特尼纳斯杀死，儿子卢修斯又将萨特尼纳斯杀死为父报仇。最终，卢修斯成为罗马皇帝。

主要角色：（列有台词行数百分比/台词段数/上场次数）泰特斯·安德洛尼克斯（28%/117/9），摩尔人阿戎（14%/57/6），玛克斯·安德洛尼克斯（12%/63/9），鞑魔拉（10%/49/5），萨特尼纳斯（8%/49/5），卢修斯（7%/51/4），德魔瑞乌斯（4%/39/7），巴西安纳斯（3%/14/3），拉维妮娅（2%/15/3），艾戎（2%/30/6），小卢修斯（2%/11/4）。

语体风格：诗体约占98%，散体约占2%。

创作年代：1591/1592年，或许1594年曾进行过修订？ 1594年1月份曾在玫瑰剧场（the Rose）演出，并被剧院经理做上记号 ne，可能表示 new（新）。也是在1594年，第一版的题名页似乎意指由三家剧团（参见**文本**）于剧院大萧条（指1592年下半年和1593年近全年的瘟疫疫情导致全部剧院被关闭）前上演。或许前两家剧团排演的是皮勒的旧版本，而1594年的演出和剧本均采用莎士比亚修订过的新版本。

取材来源：该故事并非历史。有一本匿名的小故事书曾经一度被认为是《泰》剧原本，后经论证，人们认为此故事书系该剧之衍生而非来源。因此，一般认定《泰》剧原本已经佚失，或故事情节是通过吸取一系列罗马史料与诗性素材后自由创作而成——最引人注目的是塞内加的悲剧与奥维德关于普洛克涅为妹妹菲洛梅尔遭残暴的忒柔斯奸淫而复仇的故事（《变形记》卷六，在第四幕第一场中被用作道具与铺垫）。《泰》还兼受同时代其他悲剧的影响，如托马斯·基德的《西班牙悲剧》（约作于 1589年，借鉴了其中复仇者作为具有自我意识的剧场演员形象）以及克里斯托弗·马洛的《马耳他岛的犹太人》（约作于 1591 年，借鉴了剧中类似于阿戎的恶人为自己的恶行而得意的形象）。

文本：以四开本形式出版的《泰特斯·安德洛尼克斯的痛彻心扉的罗马悲剧：由尊敬的德比伯爵、彭布鲁克伯爵和苏塞克斯伯爵剧团演出》（*The Most Lamentable Romaine Tragedie of Titus Andronicus: As it was Plaide by the Right Honourable the Earle of Darbie, Earle of Pembrooke, and Earle of Sussex their Seruants*, 1594，重印于 1600 和 1601 年），文本质量上乘，尽管在成文过程中不免有一两处修订痕迹（开场行文错误以及第一幕中杀死阿拉勃斯和缪舍斯皆为后来所加，这些是否为莎士比亚对皮勒的版本所做的修订？），但整个剧目还是很有可能印自莎士比亚的手稿。第二四开本是在一份破损的第一四开本的基础上修正印刷而成。其中，最后一场的用词发生了变动，并新加了全剧最后的四行台词。对开本的文本印自一份第三四开本，里面集中了第二和第三四开本的修正及错误；当然，文本自身的一些谬误亦不可避免，因其大部分由"排字工人戊"（Compositor E）排版，显然第一对开本对他来说难度很大。但是这一对开本的主要价值在于加进了舞台提示，或许来自于剧院提示者所用的剧本 [1]，并且还全新增添了一个整场（第三幕第二场，杀蝇宴）。许多现

1　提示者所用的剧本（promptbook），是根据作者手稿改编的剧本，通常是由剧团抄写员完成，偶尔由剧作家自己提供。它提供了戏剧正式演出的情况，一般较短，但比原手稿的舞台说明更加详细。越来越多的学者认为，一部剧出版后，在印刷版本上根据原供提白演员用的剧本进行注释和更正，最后成为该剧正式的提示者用的剧本。详见张泗洋《莎士比亚大辞典》"提示者所用的剧本"词条。——译者附注

代的版本均以第一四开本为蓝本，但也加进了第一对开本中的该宴会场景。为符合我们自对开本始的一贯做法，也为了避免将不相关的文本混为一谈，我们没有采用此种做法，而是将对开本文本进行编辑，尽管对"排字工人戊"的文本谬误不免时有增删改动。由于第二四开本中最后部分增添的四行台词也出现在对开本中，因此予以保留，但以花括弧标明，表示这四行来自印刷所而非剧场，属附加成分。

乔纳森·贝特（Jonathan Bate）

泰特斯·安德洛尼克斯

罗马人

萨特尼纳斯，先皇长子，后登基为帝

巴西安纳斯，萨特尼纳斯之弟

泰特斯·安德洛尼克斯，贵族将军

拉维妮娅，泰特斯之女

哥修斯[1] ⎫
昆塔斯 ⎬ 泰特斯之子
玛舍斯[2] ⎮
缪舍斯[3] ⎭

玛克斯·安德洛尼克斯，泰特斯之弟，保民官

小卢修斯，卢修斯之子

帕布留斯[4]，玛克斯·安德洛尼克斯之子

森普罗涅斯 ⎫
凯尤斯[5] ⎬ 泰特斯的亲族
瓦伦丁 ⎭

伊米力斯

一将官

一信差

一奶妈

一小丑

一领主

众元老、保民官、兵士及侍从

哥特人

鞳魔拉[6]，哥特女王，后嫁给萨特尼纳斯成为罗马皇后

阿拉勃斯 ⎫
德魔瑞乌斯[7] ⎬ 鞳魔拉之子
艾戎[8] ⎭

阿戎，摩尔人，鞳魔拉的情人

众兵士

卢修斯的形象从全剧来讲，具有让读者情感得以"修复"之意，故采用此译。——译者附注

玛舍斯与缪舍斯形象类似，短命而亡，颇具"被弃"之意，故采用此译。——译者附注

缪舍斯的形象最具"舍弃"之意。一方面，他为了掩护拉维妮娅而将性命舍弃；另一方面，泰特斯为表示对皇帝的忠诚，亦将他的性命舍弃。另外，"缪舍斯"中"缪"通"谬"，故采用此译。——译者附注

译作"帕布留斯"颇具古罗马人物的风范。——译者附注

同上，译作"凯尤斯"颇具古罗马人物风范，读来也通顺许多。——译者附注

译作"鞳魔拉"颇能体现人物特征。"鞳"指古代的兵器，暗含"取人性命"之意；"魔"意指该女以狐妖媚术谋害人命。——译者附注

从字面上看，"德魔"二字暗指此人的邪恶品行。——译者附注

"阿戎"取名旨在表示此人地位低下且邪恶，"艾戎"谐音"爱戎"，暗指鞳魔拉与阿戎的情人关系，同时，也可体现出艾戎与阿戎系一路货色。——译者附注

第一幕

第一场 / 第一景

罗马（元老院外）

喇叭奏花腔，众保民官[1]、元老自高处[2]上。接着萨特尼纳斯[3]及其随从自主台一门上，巴西安纳斯及其随从自另一门上，各有旗鼓[4]前导

萨特尼纳斯　尊贵的三公九卿[5]，我权利的庇佑者们，

拿起武器，保卫我的正义事业。

同胞们，我最亲爱的臣属们，

举起利剑，维护我的继承之权。

我乃先皇长子，

佩戴皇冠理所当然，

让父皇之荣耀延驻我身，

莫要倒行逆施，君权旁落，背义违天。

巴西安纳斯　支持鄙人的各位同胞、兄弟、朋友们，

假若凯撒的儿子——

巴西安纳斯，

在罗马皇室眼中还算得谦逊仁慈，

1　保民官（Tribunes）：维护公众利益和权利的官员。

2　高处（aloft）：指舞台上方。

3　该名暗示其人阴郁的性情，如悲观、愠怒、迟钝。

4　原文为 Drum and Colours，指鼓手和旗手。

5　原文为 patricians，指罗马贵族。

请守住这通往朱庇特神殿[1]的大道，

莫叫篡位之辱亵渎我皇宝位，

玷污我皇圣德正义、坚忍高贵；

唯有民意甄选方能天下归心，

同胞们，为自由而战，为自由而选荐。

保民官玛克斯·安德洛尼克斯执皇冠自高处上

玛克斯　　二位皇子，各倚仗亲信朋党，

夺皇位，攫君权，不惜操戈相向。

保民官，为民请命，亦成一党，

皇位政权花落谁家，民众之心已有所向：

安德洛尼克斯宜承继大统，封号虔王[2]；

他为国民谋福祉，建功勋，

他勇冠罗马，人品贵重，

在今日之罗马城中，他鹤立鸡群，

奉长老会之意，

他正从与哥特蛮夷的殊死鏖战中奔途回返。

他们父强子壮，令敌闻风丧胆，

哪怕对手训练有素，敌国民风彪悍。

自首次膺任，为国出征，

白驹过隙，一晃十年。

他克敌制胜，智勇双全；

归来之时，五次都喋血负伤，

他背负灵柩，将英雄的儿们带回故乡。

1　原文为 Capitol，指朱庇特神殿所在的卡皮托尔山，在本剧中是元老院所在地。

2　原文为 Pius，意为"尽责的，爱国的"，体现了罗马传奇建国英雄庇护·埃涅阿斯（Pius Aeneas）的美德。

現在，声名远播的泰特斯，
好样的安德洛尼克斯，
威风凛凛，身着戎装，
满载累累战果，荣归罗马。
我们请求两位皇子，
若还顾忌您所渴盼的皇储名号，
在意您所伴尊的元老院之权，
我们恳请二位，
解散随从，退兵减员，
以请愿者该有的和平谦逊之态，
奏请各自的相应待遇。

萨特尼纳斯 保民官之美言真真叫人心宁神静！

巴西安纳斯 玛克斯·安德洛尼克斯，我深信你
至诚无昧，正直高洁，
对您及贵门亦尊崇至切，
您尊荣的兄长泰特斯父子，
以及令我倾心爱慕的她，
罗马城最珍贵的装点，优雅的拉维妮娅，
现在我就让朋友们解散，
我的愿望能否得到公正对待，
就全部交由运气和民众的喜好吧。　　　　*他的兵士数人下*

萨特尼纳斯 拥立我的朋友们，
我感谢大家，但需要解散你们，
我将我自己、人品和事业，
全部交与国民的厚爱与青睐。　　　　*他的兵士数人下*
罗马，我对你信心至笃，友善亲和，
请你对我也合理公正、仁慈宽厚。

　　　　　　　开门，让我进去。

巴西安纳斯　保民官，还有我，一个弱势的竞争者。

喇叭奏花腔。萨特尼纳斯与巴西安纳斯升阶入元老院。一将官上

将官　　　　开道，罗马人！

　　　　　　　好样的安德洛尼克斯，

　　　　　　　美德之化身，国家之卫士，

　　　　　　　他用宝剑横扫顽敌，

　　　　　　　他在战场上所向披靡，

　　　　　　　他满载着荣耀与财富凯旋。

鼓号[1]齐鸣，接着泰特斯的两个儿子玛舍斯与缪舍斯上。在他们身后，两人抬一口棺材，上盖黑布，另外两个儿子卢修斯和昆塔斯紧随其后。之后，泰特斯·安德洛尼克斯乘坐战车上，后跟随哥特女王鞑魔拉[2]、她的两个儿子艾戎与德魔瑞乌斯、摩尔人阿戎[3]及其他人，人数众多。他们放下棺材，泰特斯讲话

泰特斯　　　致敬！罗马，这披麻戴孝的胜利！

　　　　　　　看啊！宛如已然卸下货物的小船，

　　　　　　　重新载满奇珍异宝，

　　　　　　　返回当初起锚的海湾。

　　　　　　　安德洛尼克斯回来了，头戴荣誉桂冠，

　　　　　　　我满噙泪水再次向祖国致敬，

1　原文为 drums and trumpets。喇叭（trumpet）是伊丽莎白时代戏院最重要的乐器。喇叭吹响三次就是宣告戏剧开场。喇叭奏花腔即宣告王室或重要人物登场。通常是喇叭和鼓乐齐鸣。详见张泗洋《莎士比亚大辞典》。——译者附注

2　鞑魔拉的名字或许影射马萨格泰人（Massagetae）女王托米丽司（Tomyris），波斯的居鲁士（Cyrus）入侵其国土并杀害其子后，女王进行了血腥报复；抑或暗示"爱"（拉丁语：amor）或她的欲望对象"摩尔人"（Moor）。

3　摩尔人（Moor）指非洲或中东裔人，通常指北非柏柏里地区（Barbary）人。Aaron 在最初的四开本中拼写为 aron，是一种苦味草药的名字。

这由衷的欢乐之泪呵，为他得以安然回返。
伟大的朱庇特，圣殿的守护神在上，
请庇佑我们即将举行的仪式吧！
罗马同胞们，我有二十五个英勇的儿子，
恰好是普里阿摩国王子嗣数量之半[1]，
瞧瞧剩下的这几个可怜儿吧，
活着的，死去的。
幸存下来的，让罗马用爱来嘉奖；
由我带回老家的，便与先祖同葬。
现在哥特人已然允许我剑戟入鞘，
泰特斯，你不通人性、粗枝大叶、枉为人父，
空留爱子踯躅于阴森的冥河[2]之畔，
生生遭受不得安葬之苦，
让道，让他们与众兄弟共葬同眠。

（他们打开墓穴）

以逝者惯用的沉默互致问候吧，
静静地安息呵，为国牺牲的勇士们！
啊，我儿长眠的圣地呵，
你是美德与高贵之所在。
我的多少个儿子你已尽收囊中，
他们一去杳然，永无归返！

卢修斯　把最重要的哥特战俘交给我们，
在埋葬忠骨的坟前，
断其手脚，焚毁其躯，

1　特洛伊国王普里阿摩（King Priam）共有 50 个儿子，在特洛伊战争中几乎全部被屠杀。
2　冥河（Styx）：传说中的阴阳界河，只有尸体被安葬的魂灵才可渡过此河。

> 慰众兄弟的在天之灵，
>
> 以免阴魂不得安息，
>
> 人世亦遭厄运侵袭。

泰特斯　这身份最为贵重的幸存儿便交与你了，

　　　　他是这悲伤女王的长子。

鞑魇拉　且慢，罗马的弟兄们，仁慈的征服者啊，（跪地）

　　　　得胜的泰特斯，为我所流之泪，发发慈悲吧，

　　　　这是母亲为子的悲痛之泪；

　　　　倘若您的儿子们曾为您所钟爱，

　　　　哦，我的儿子于我当同样宝贵。

　　　　我等随您流落至此为囚为奴，

　　　　难道这一切不足以彪炳您的荣耀凯旋吗？

　　　　难道因为我儿曾为国英勇战斗，就一定要被当街斩杀吗？

　　　　哦，倘若在贵地为国为君奋力拼杀乃忠诚之举，

　　　　在我国亦当同理，亦当同理！

　　　　安德洛尼克斯，不要用鲜血染就你的坟墓啊。

　　　　你们会效法神明吗？

　　　　若是效法神明，

　　　　就请多点仁慈怜悯吧；

　　　　悲天悯人确为高贵品格的标志徽章。

　　　　最最高贵的泰特斯，

　　　　请放过我的长子吧。

泰特斯　夫人，请您冷静，并谅解于我。

　　　　你们哥特人曾眼睁睁地目睹这兄兄弟弟生生战死。

　　　　他们为国捐躯，

　　　　牺牲祭礼当不必少；

　　　　长子实为最佳人选，他死罪难恕，

权作慰藉已故冤魂，已逝的弟兄。

卢修斯　　带他下去，马上点火，

在柴垛之上，

用我们的剑剐其手足，直至燃为灰烬。

　　　　　　卢修斯、昆塔斯、玛舍斯与缪舍斯带着阿拉勃斯下

鞑魔拉　　哦！尔等雕心鹰爪，丧尽天良！（起身）

艾戎　　　他们与西徐亚[1]野人相比，是加倍地残忍啊！

德魔瑞乌斯　西徐亚与狼贪虎视的罗马怎可同日而语？

阿拉勃斯已然安息，

我等只能在泰特斯狰狞的面容下苟延残喘，不寒而栗。

所以，母亲，您要挺住，

愿那些曾襄助特洛伊王后[2]

在色雷斯暴君的帐中

得以痛快复仇的诸位神明，

能够庇佑哥特女王鞑魔拉，

一如当初——我族尚存，女王犹在，

让她的宿敌以血洗血，以命还命。

安德洛尼克斯的众子又上

卢修斯　　看啊，父亲大人，我们的罗马祭礼业已完罄，

阿拉勃斯早已四肢全无，

五脏六腑也已投火祭天，

那缕缕烟霭如祝祷馨香熏沐浩宇。

万事皆毕，只待送兄弟们长栖安眠，

1　西徐亚（Scythia）：指古代东欧大部地区以及亚洲的俄罗斯地区，其居民以野蛮著称。

2　指普里阿摩之妻赫卡柏（Hecuba）。她为儿子波吕多洛斯（Polydorus）报仇，令仇人色雷斯国王波吕墨斯托耳（Polymestor）失明。

号角声声，只为迎勇士们叶归故园。

泰特斯　事已至此，就让我安德洛尼克斯
以此来与他们的亡魂做最后的诀别吧。

喇叭奏花腔。接着号声起，棺材下墓穴

我的儿子们，在平静和荣誉中安息吧：
罗马最称职的卫士们，你们安息吧。
你们终于摆脱了世俗的灾祸与风险，
这里没有暗滋的恨怨与谋算，
这里也无狂风暴雨，妒能害贤，
聒噪消弭，唯有静谧长眠：
平静而光荣地安息吧，我的孩子们。

拉维妮娅上

拉维妮娅　愿泰特斯大人太平荣光，福延寿长；
愿我最高贵的父亲大人怀金垂紫，荣誉尊享！
看吧，墓冢之畔洒下我的一腔热泪，
只为祭奠兄弟，诉说哀肠；
拥着欢乐的泪花，我跪在您的脚下，（跪地）
泪珠儿滚落地上，庆贺您回到罗马。
哦！请用您那大获全胜之手，
那只为罗马精英所欢呼称赞的幸运之手，赐福于我吧！

泰特斯　仁慈的罗马，细心地呵护了
我这暮时的滋养，使我陶情欢畅。
拉维妮娅，好生活着，愿你的寿命超过父亲，
你的贞德万世流芳。（拉维妮娅起身）

玛克斯自主台上

玛克斯　泰特斯大人万岁，我亲爱的兄长，
罗马眼中最宽厚的胜利者！

泰特斯　　　谢谢你，善良的保民官，高贵的兄弟玛克斯。

玛克斯　　　欢迎你们，我的侄儿们，

无论是奏凯而归的英雄还是枕誉长眠的烈士！

仁慈的诸君，你们为国效力，剑骋疆场，

无论生者逝者，都将荣誉尊享；

而葬礼的肃穆宏大，

更让凯旋仪式冠冕隆加，

这直逼梭伦 [1] 幸福的盛况呵，

将摆脱世事无常，永享荣光！

泰特斯·安德洛尼克斯，

您一向被誉为罗马民众最忠孝节义之友，

他们派我——民众信赖的保民官——，

将这洁白无瑕的候选人长袍交付与您。

请您作为新皇人选，和先皇子嗣并驱争先：

现在请您将它穿上，（呈上一法袍）

帮这群龙无首的罗马迎来新皇。

泰特斯　　　卓群的头脑方能映配罗马的贤身贵体，

而不该是我这颗脑袋，颤颤巍巍，年老气衰。

却缘何又要我穿这装服，给诸位平添烦忧？

今朝蒙大家爱戴宣誓就职，

明日便风烛残露，人亡政息，

诸君岂非又一番劳神费力？

罗马，我已戎马于役四十载，

率大军克敌制胜，所向无畏，

还将我二十一个孩儿向您祭献，

1　梭伦（Solon）：古希腊哲学家和立法者，认为人只有到死的时候才真正享有万无一失的幸福。

他们驰骋疆场，建功立业，

他们披坚执锐，奋勇杀敌，为伟大的国家马革裹尸。

老夫迟暮，一根荣誉手杖足矣，

切勿授我那经国治世之王权斧杖。

终持斧杖之人，诸位，必得清风峻节，方正贤良。

玛克斯 泰特斯，您可要求获得统治之权。

萨特尼纳斯 骄纵无状、野心勃勃的保民官，此话可当真？

泰特斯 冷静啊，萨特尼纳斯皇子——

萨特尼纳斯 罗马人啊，给我正义！

各位贵族，拔出剑来，

不到萨特尼纳斯为皇之时，绝不入鞘。

安德洛尼克斯，我宁可送你到阴曹地府，

也绝不让你夺我民心。

卢修斯 傲慢的萨特尼纳斯，你鼠屎污羹，

辜负了高尚的泰特斯对你的一番好意。

泰特斯 皇子殿下，您终会满意，

我会为您调民意，顺民心，使其重新爱戴于您。

巴西安纳斯 安德洛尼克斯，我并非向您献媚，

对您的尊崇，至死不渝：

倘若您愿率众助我一臂之力，

我将铭知五内，

心存感恩是对抱瑾握瑜之士的最高赏誉。

泰特斯 罗马的广大民众，各位高贵的保民官，

我期望获得诸位之票权：

你们可否将之友好地授予安德洛尼克斯？

保民官 为满足有德的安德洛尼克斯之愿，

为庆祝他安然归返，

民众愿接受他的举荐。

泰特斯　　　谢谢诸位保民官，我请求

委任先皇长子

萨特尼纳斯殿下登位为皇；

我期盼皇子美德能光耀罗马，宛如神明提坦[1]普照大地，

国家得以明公正道，乐善好义；

假若诸公可听从我所荐选，

请为其加冕并高喊："吾皇万岁！"

玛克斯　　　既已百喙如一，

诸位贵族，全民百姓，

萨特尼纳斯殿下将为我罗马新皇，

一起恭祝"吾皇萨特尼纳斯万岁！"

喇叭长奏花腔直至众人下

萨特尼纳斯　泰特斯·安德洛尼克斯，

今日继位得您大力举荐，

对此，我不仅致以口头鸣谢，

还将以行动回报您的仁爱眷顾：

首先，泰特斯，为光大您的盛名及贵门荣耀，

我将封拉维妮娅为我的皇后，

罗马皇族的女主人，我心头的金凤，

我将在万神庙将她迎娶；

安德洛尼克斯，请告诉我，

如此想法可遂您意？

泰特斯　　　当然，我尊贵的陛下，蒙圣上赐婚，

实属无上礼遇，万千恩宠。

1　提坦（Titan）：罗马的太阳神。

　　　　　　　萨特奈之罗马民众均可见证，

　　　　　　　老夫愿将奉王之礼——

　　　　　　　宝剑、战车及战俘悉数敬献，

　　　　　　　敬献给罗马帝国之王，全民的统帅，

　　　　　　　广袤疆土的主人，萨特尼纳斯陛下：

　　　　　　　（泰特斯将宝剑、战车与俘虏敬献给萨特尼纳斯）

　　　　　　　诚请陛下笑纳，接受贡品，

　　　　　　　我将荣誉全部敬呈您的脚下。

萨特尼纳斯　感谢你，高贵的泰特斯，朕的生命之父。

　　　　　　　罗马历史将会镌刻

　　　　　　　朕对你及你所奉厚礼之称心快意；

　　　　　　　倘使某时朕将这无以言表之恩相忘，哪怕只片刻，

　　　　　　　罗马人啊，你们尽可忘却效忠于朕。

泰特斯　　（对鞑魔拉）夫人，现在您臣虏于我罗马君王，

　　　　　　　我皇将参照您昔日之名第，

　　　　　　　御赐你等相应的处置。

萨特尼纳斯　（旁白？）好一位美人！相信朕，

　　　　　　　如可重选，朕愿娶你为妻。——

　　　　　　　（对鞑魔拉）美艳的女王，快快驱散那满脸愁云；

　　　　　　　纵两军决战使你娇颜暂变，

　　　　　　　在罗马，你也决不至毒遭蹂躏，

　　　　　　　皇族礼遇定保面面周全。

　　　　　　　相信朕，莫沉溺于此番不满，心念俱碎；

　　　　　　　夫人啊，眼前宽慰你的人，

　　　　　　　足以让你超越昔日光辉。——

　　　　　　　拉维妮娅，你不会由此心生嫉怨吧？

拉维妮娅　不，我的陛下，

您人格高洁，此番言语不过略表皇族恭谦。

萨特尼纳斯 谢谢你，可爱的拉维妮娅。——罗马人，我们走。

所有俘虏现可无偿释放。

列位大人，奏响鼓号，大典开始。（音乐起；俘虏被释放）

巴西安纳斯 泰特斯大人，您走之前恕我言明，这女子应为我所有。

（抓住拉维妮娅）

泰特斯 什么？我的殿下，您此话当真？

巴西安纳斯 当然！高贵的泰特斯，

我意已决，我争此权利名正言顺。

玛克斯 "物归其主"书写出罗马之正义，

皇子争取自己的东西并无过分。

卢修斯 只要卢修斯尚存，他必然如此，亦理当如此。

泰特斯 滚开！叛徒！皇家卫队何在？——

反了，陛下：拉维妮娅被劫走了！

萨特尼纳斯 劫走？谁敢？

巴西安纳斯 她的未婚夫，

带自己的未婚妻逃离尘世，当属天经地义。

缪舍斯 兄弟们，快帮她离开。

我将持剑捍卫此门。

巴西安纳斯、拉维妮娅、玛克斯、玛舍斯与昆塔斯下

泰特斯 随我来，陛下，我立刻将她带回。

萨特尼纳斯及众哥特人下

缪舍斯 父亲大人，您万不可过去的啊。

泰特斯 你说什么，混账儿子，竟敢在罗马挡我的道？（刺杀缪舍斯）

缪舍斯 救命，卢修斯[1]，救命！

---

1 卢修斯也许又重新上场，或是一直待在巴西安纳斯一列人的最后。

卢修斯	父亲大人啊，您不公不正，更有甚者，
	这场争吵本不在理，您竟手刃亲子，疯狂至极。
泰特斯	你二人并非老夫之子：
	老夫之子绝无此等辱上之举。
	一群叛徒，把拉维妮娅交还陛下。
卢修斯	若您坚持如此，她宁肯一死，
	也绝不背弃合法婚约，另择新婿。

下

皇帝、鞑魔拉及她的两个儿子与摩尔人阿戎自高处上

萨特尼纳斯	不，泰特斯，不用了，朕并不要她，
	不需要她，不需要你，不需要你们任何一个。
	一次欺诳便很难取信于朕，
	毋说你等贼臣妄子，
	一群乌合之众，合谋亵渎君主之徒。
	在罗马，难道再无他人，只有萨特尼纳斯可被人笑话？
	够了，安德洛尼克斯，
	这场场好戏正与你所夸海口相称媲美，
	说什么我从你的手中乞求皇位。
泰特斯	哦，岂有此理！这一番责备之语又是从何说起？
萨特尼纳斯	滚吧，把那水性的娘儿们
	送给为之挥刀舞剑的粗人吧，
	一个骁勇快婿想必也投你所好，
	正好与你那目无法纪的逆子们
	在罗马的国土上斗殴吵闹。
泰特斯	这些话语分明将剃刀扎进我心灵的伤口。
萨特尼纳斯	我亲爱的鞑魔拉，哥特女王，

你宛如女神福柏[1]于群仙中优雅鹤立，
你令罗马众绝代佳丽自惭形秽，
假若你能接受朕之冒昧选择，
看着我，鞑魔拉，我选你做我的新娘，
并册封你为罗马皇后。
说话啊，哥特女王，我的选择你可中意？
我现在就对罗马所有的神明发誓，
祭司与圣水既已近在咫尺，
烛火光亮，万事俱备，
唯等婚姻主神许墨奈俄斯[2]降临。
完婚之后，我要带着我的新娘，
从此地出发，沿罗马街道巡礼，
抑或夫妻双双，攀上我的皇宫。

鞑魔拉　于此景此地，我面对苍天，向罗马起誓，
若萨特尼纳斯有意赐婚哥特女王，
她将成为罗马皇帝最卑微的奴婢，
像母亲般爱抚他的风华，像侍女般播撒柔情蜜意。

萨特尼纳斯　上来吧，我美丽的皇后，咱们到万神庙去。
列位大人，为你们尊贵的皇帝和他心爱的皇后，伴驾左右，
朕的聪明才智将美人儿的厄运击溃，
上天将她独独赐予萨特尼纳斯。
在神庙之内，我们即将完成婚礼。　　所有人下。泰特斯留场

泰特斯　皇帝未曾邀我前去伺候新娘。
泰特斯，你何曾遭遇如此陨雹飞霜，

1　福柏（Phoebe）：希腊的月亮女神，同罗马的狄安娜（Diana）女神，主管贞操和狩猎。
2　许墨奈俄斯（Hymenaeus）：婚姻之神。

受此奇耻大辱，踽踽独行？

玛克斯与泰特斯之子卢修斯、昆塔斯和玛舍斯上

玛克斯　　　哦，泰特斯，看啊！哦，看你做了什么事！
　　　　　　　只一场无良争吵，你竟将贤能儿子亲手杀掉。

泰特斯　　　不，你这愚蠢的保民官，不是的。他不是我的儿子，
　　　　　　　你也不是我的兄弟，他们通通不是我的儿子；你们串通一气，
　　　　　　　玷污我家族声誉，
　　　　　　　不忠的兄弟，不孝的孽障。

卢修斯　　　但我们要先将他好生安葬吧，
　　　　　　　让缪舍斯和兄弟们同眠共息。

泰特斯　　　叛徒，滚开！他不配葬于此墓，
　　　　　　　此墓冢丰碑已巍然屹立五百年之久，
　　　　　　　我曾将它精心修葺；
　　　　　　　唯兵士和罗马忠仆方能于此安息，
　　　　　　　生前光荣，死后载誉，——却从未有人丧命于区区唇舌之争。
　　　　　　　除了此墓，他可葬于任何一地。

玛克斯　　　我的大人，你太刻薄寡情。
　　　　　　　我侄缪舍斯的行为可为他申辩，
　　　　　　　他必须与弟兄们合葬安眠。

泰特斯的两个儿子[1]　这是理所必然，否则，我们也将随他而去。

泰特斯　　　"理所必然"？是哪个混蛋如此放肆，口出狂言？

泰特斯之子　若非在此地，此人定言出必行。

泰特斯　　　什么？难道你们要悖逆我意，将他埋葬不成？

玛克斯　　　不，高贵的泰特斯，
　　　　　　　我们是要请求您宽恕缪舍斯，并将他好生安葬。

1　指昆塔斯与玛舍斯。

泰特斯	玛克斯，连你也敢指责于我，
	和这些孽障沆瀣一气，玷污败坏我的荣誉。
	我看你们个个都是我的不共仇敌，
	不要再打扰我，全都滚吧！
第一个儿子	他已精神失常，我们先撤吧。
第二个儿子	我不走，除非把缪舍斯先行埋葬。

玛克斯与众子跪地

玛克斯	哥哥，我以同胞兄弟的名义恳求——
第二个儿子	父亲，请看在父子一场的情分上——
泰特斯	你们住嘴，别以为把话说完就能奏效。
玛克斯	德高望重的泰特斯，我大半的灵魂——
卢修斯	亲爱的父亲，我们的灵魂，我们的一切——
玛克斯	请允许你的兄弟玛克斯
	将他高贵的侄儿埋葬于美德之巢穴，
	他为了拉维妮娅的缘故而光荣牺牲。
	您是罗马人，莫仿蛮族异类。
	就连自杀的埃阿斯[1]，
	尚有睿智的俄底修斯[2]为之请葬，义正辞严，
	获希腊民众认同，他终得依礼而眠。
	更何况年轻的缪舍斯，本为您所钟爱，
	却为何还迟迟地被阻拦在墓口之外？
泰特斯	起来，玛克斯，快起来。

---

1 希腊战士埃阿斯（Ajax）因阿喀琉斯（Achilles）的盔甲没奖给自己而是给了俄底修斯
（Odysseus）狂怒不已，把羊群当做希腊将军疯狂砍杀，最后耻辱地自杀，但俄底修斯说服
希腊人，认为他配得上一场正式的葬礼。

2 原文为 Laertes' son（莱耳忒斯之子），指俄底修斯。

今日之阴沉惨淡为我罕见：

在罗马，徒遭我儿之凌辱肆言！

好吧，好生葬他，而后葬我。

（他们把缪舍斯尸身放入墓穴）

卢修斯　　亲爱的缪舍斯，在这里你与朋友们一起，尸身共眠，

我们将用战利品为你把这墓冢装点。

玛克斯与泰特斯众子　无人曾为高贵的缪舍斯洒泪，

他为正直德行献身，荣誉永存。

众人下。泰特斯与玛克斯留场

玛克斯　　兄长大人啊，请从这骤临之悲中走出来吧，

那诡计多端的哥特女王何德何能

在罗马转眼之间竟一步登天？

泰特斯　　我并不晓得，玛克斯，

但事实的确如此——

这其中有无什么猫腻——只有老天知道。

对如今令她起死回生之人，她怎能不戴德感恩？

玛克斯　　那是自然，不但如此，还要厚报以谢。

喇叭奏花腔。皇帝、鞑魔拉及她的两个儿子与摩尔人从一门上。巴西安纳斯与拉维妮娅及泰特斯的三个儿子从另一门上

萨特尼纳斯　好啊，巴西安纳斯，你已夺标取胜；

这美貌的新娘，便是神明赐予你的欢乐嘉奖。

巴西安纳斯　陛下，您也一样。我别无所言，

同样祝福您。我先行一步。

萨特尼纳斯　反贼！若罗马王法尚存，朕保有威权，

你等党徒必将为抢亲事件而遗恨终天。

巴西安纳斯　我夺回自己的东西，我的婚约爱人，我的妻子，

您把这叫做"抢亲"，陛下？

就让罗马的法令律条来裁决吧：
再说一遍，我只是夺回了自己本该拥有之权。

萨特尼纳斯 很好，你竟敢在朕面前如此无礼，
总有一天，我也让你尝尝何为毒辣阴险。

巴西安纳斯 陛下，我之所作所为，我自担当，
哪怕因此会身亡命丧。
但以我所该承担的国家职责的名义，
有一点我要您清楚明了：
这位高贵的绅士，泰特斯将军，
这位尊享盛名荣誉的大人，遭受了不公之待，
在营救拉维妮娅之时，
他出于对陛下的满腔忠贞与慷慨承诺，
不料横遭阻挡，
盛怒之下
竟将自己的幼子亲手斩杀：
此行此举于您及罗马来讲，堪为父，堪为友，
萨特尼纳斯，和他重修于好吧，莫再错怪于他。

泰特斯 巴西安纳斯殿下，莫要为我求情：
是你和他们羞辱老夫。
我对萨特尼纳斯的爱戴恭崇，（跪地）
罗马和公正的老天皆有目共睹。

鞑魔拉 （对萨特尼纳斯）我最英明的主人，假若鞑魔拉
在陛下的贵眼圣目中还算得优雅，
那么请听我为大家公正地说说话，
宝贝儿，我恳求，恳求您宽恕既往。

萨特尼纳斯 什么，夫人，公然受辱至此，
不报仇雪恨，却要鸢肩羔膝，包羞忍耻？

塔摩拉　　　事实并非如此，陛下，

　　　　　　　罗马众神绝不容我亵渎圣上尊荣。

　　　　　　　但我敢以自己的荣誉担保，

　　　　　　　好人泰特斯全然无罪，

　　　　　　　真实的狂怒言说了他的不堪愁苦；

　　　　　　　我恳求，请陛下以仁慈的眼光善待于他。

　　　　　　　莫因无端臆测而痛失如此高朋贵友，

　　　　　　　更不要怒容以向，折磨他宽和的心灵。——

　　　　　　　（旁白。对萨特尼纳斯）我的主人，

　　　　　　　依我说的做，方可最终得胜，

　　　　　　　暂收起你的愤恨与不满，

　　　　　　　因你才刚刚即位，掌权为皇，

　　　　　　　恐广大民众和诸位贵族，

　　　　　　　顾念道义，支持泰特斯，

　　　　　　　反倒要指责你忘恩负义，悖德昧良，

　　　　　　　这在罗马可谓十恶不赦，罪无可恕。

　　　　　　　听从我的恳求——让我来处理：

　　　　　　　我总有一天会让他们饱尝斧钺之诛，

　　　　　　　还要将其所有的宗派家族统统铲除，

　　　　　　　这个残暴的老子和他忤逆的儿子们。

　　　　　　　当初为保儿之性命，我百般乞怜，

　　　　　　　现在就让他们知道女王当街跪拜

　　　　　　　苦苦哀求却徒劳无功的代价。——

　　　　　　　（大声）来，过来，亲爱的圣上。——

　　　　　　　来，安德洛尼克斯——

　　　　　　　快快把这慈爱的老人扶起，

　　　　　　　快快告慰那颗在您盛怒之下濒死的心灵。

萨特尼纳斯	起来，泰特斯，起来：我的皇后已将我说服。
泰特斯	谢谢陛下，谢谢她。（起身）
	这多软言丽语、这分和颜悦色，为我注入新生。
鞑魔拉	泰特斯，我已和罗马浑然一体，
	并欣然成为其中一分子，
	必须要帮陛下好好打算。
	安德洛尼克斯，现在所有争吵均已休兵罢战；
	这也是我的荣誉，我的好主人，
	我已让你和朋友们重归于好，握手言欢。——
	至于你，巴西安纳斯皇子，我已经
	传话并承诺给圣上，
	你会更加安分守己，恭顺驯从。——
	不要害怕，诸位大人，还有你，拉维妮娅：
	听我的，全部都谦恭地跪下，
	乞求皇帝陛下的宽恕和原谅。（泰特斯众子跪地）
卢修斯	遵命。我们对苍天，对圣上起誓，
	刚刚的行为我们已是尽力克制，
	也是为着维护妹妹和我们自己的荣誉。
玛克斯	我以自己的荣誉为之证实。（跪地）
萨特尼纳斯	走吧，不要讲了。莫再纠缠于我。
鞑魔拉	不，不能这样，亲爱的陛下，大家都要结朋交友：
	这位保民官和其众侄儿跪求仁慈，
	您可不能拒绝我：宝贝儿，回头看看吧。
萨特尼纳斯	玛克斯，看在你们兄弟的面子上，
	看在我心爱的鞑魔拉求情的分上，
	我姑且饶恕这些年轻人的大逆不道之过。——

玛克斯和泰特斯众子站起

拉维妮娅，尽管你弃我如野莽村夫，
我已拥有知己伴侣，也可真正地对天发誓，
绝不以光棍之身告别祭司。
来吧，若是皇帝宫廷可宴待两位新娘，
拉维妮娅，你将成为我的客人，同时还有你的朋友们。
今天真是畅快欢爱之日，鞑魔拉。

泰特斯　　明日，倘若陛下兴味盎然，
我愿随您，追猎雄鹿黑豹，
我们将用号角和猎狗吠叫向您请安问好。

萨特尼纳斯　好吧，多谢，泰特斯。　　　　　　　喇叭奏花腔。众人下

第二幕

第一场　／　景同前

阿戎独自上

阿戎　　现在辖魔拉爬上了奥林波斯[1]之巅，

逃脱了命运劫数危坐云端，

她闯过雷鸣电闪，

展翅高飞，让羸弱的嫉妒无可高攀。

宛如太阳的熠熠金光向清晨频频致礼，

腾焰飞芒，普照重洋，

亲驾光华的马车在黄道上星驰电走，

俯瞰那巍峨群山，隐约闪现。

辖魔拉便是如此，

她的智谋收服了人世荣威，

她的颦眉微愠令美德股栗屈卑。

阿戎，重振雄风，适意遂心，

好好和你的皇室夫人轻飚狂飙，

带你豢养已久的尤物直冲云霄，

她已然被欢爱的锁链五花大绑，

阿戎迷人的眼波将其紧紧锁牢，

即便被缚高加索的普罗米修斯[2]亦无法相较。

1　指奥林波斯山（Olympus），希腊众神居住地。

2　普罗米修斯（Prometheus）为人间盗取神界火种，被锁链绑在高加索山脉（Caucasus）并
　忍受鹰食肝脏之苦。

去吧，这奴隶的破衣烂裳、卑思微想：

我将穿金戴珠，熠彩生光，

来侍奉这新封皇后。

我说了是侍奉吗？

——不，是和这皇后，这女神，这骚后[1]，这仙女[2]追欢弄笑，

有了这个让人神魂颠倒的女妖[3]，

罗马的萨特尼纳斯将眼瞅着自己身败名裂，国家灰飞烟灭。

啊哈！这又发生了什么风暴？

德魔瑞乌斯与艾戎争执着上

德魔瑞乌斯　　艾戎，你年轻鲁莽无头脑，智不及人无锐气[4]，

你明明知道我有意，

竟大胆无礼闯禁地。

艾戎　　　　德魔瑞乌斯，你自以为是，

想虚张声势把我吓退，

我俩相差不过一两岁，

岂可妄言我不如你幸运雅贵：

论能干健壮我毫不逊色，

也可让我的妹子身愉心乐，

现在就能将你强压剑下，

以证明和表达我对拉维妮娅的爱慕深情。

阿戎　　　　（旁白）不要打了，不要打！情人们就是不能和睦相处。

德魔瑞乌斯　小子，纵然母亲一时糊涂，

1　原文为 Semiramis（塞弥拉弥斯），亚述女王，以美丽、残暴和情欲著称。

2　原文为 nymph（仙女）。

3　原文为 siren（塞壬），半人半鸟的海妖，易与美人鱼（mermaid）混同，善用美妙的歌声迷惑船员从而使船只失事。

4　此处"气"通"器"，暗指"生殖器"。——译者附注

让你佩戴了这把舞蹈剑，

莫非你真要歇斯底里，拿它来威亲胁友？

去去去，快收起你的小道具，

等你学会用剑之时，再拔剑脱鞘吧。

艾戎　　　哥们儿，你说我这是雕虫小技，

我倒要让你看看我有多大勇气。

德魔瑞乌斯　呔，小子，你竟敢如此张狂？（两人拔剑）

阿戎　　　公子们，这又是为何？（上前）

皇帝的宫殿咫尺之遥，

你们怎敢同室操戈、砥锋挺锷？

我亦知晓你等怨怼究竟为何；

对那些事关重大之人，

即便赏金百万，我也绝不透露只字片言。

纵然再多赏金，你们高贵的母亲，

也不愿在罗马宫廷受辱蒙羞。

真不害臊，收剑入鞘吧。

德魔瑞乌斯　我不，我铁定要他剑穿胸膛，

让他在此处的恣意苛责，

和羞辱我的污言秽语，

从他自个儿的喉咙填塞而下。

艾戎　　　我已磨刀霍霍，笃定决心，

你这懦夫，满口喷粪，只打空雷，

却按兵不动，徒拿武器！

阿戎　　　快滚吧，听我的。

现在，我以好战的哥特人所钟爱的神明发誓，

此微小纷争将令我们一败涂地。

公子们呀，你们为何不曾想到僭越皇弟之权险如解衣包火？

拉维妮娅怎会如此轻佻，
或曰，巴西安纳斯又怎会贱如狗猫，
任由他人调戏妻子，泼醋拈酸，
而不加制止，以道义之名，一泄怒涛？
谨慎为上啊，年轻的公子们呐！
一旦皇后得知争吵之始末缘由，
定会怒言相斥，一切皆无药可救。

艾戎　　　这不关我的事，我要她和整个世界都知道
我爱拉维妮娅胜于整个世界。

德魔瑞乌斯　黄毛小儿，去学着选个差一点的女人吧：
拉维妮娅已被你哥相中。

阿戎　　　哎呀，你们都疯了吗？
你们忘记我们现在身处罗马吗？
你们不知罗马人急躁狂暴，对情敌绝不手软，毫无姑息吗？
我告诉你们，二位公子，
这种小伎俩只是在作死。

艾戎　　　阿戎，要能得到心爱之人，
战死千次也甘之如饴啊。

阿戎　　　怎么得手呢？

德魔瑞乌斯　为何如此大惊小怪？
她是个女人，因而可以追求；
她是个女人，因而可能到手；
她是拉维妮娅，因此不得不爱。
你想啊，磨粉机旁的汩汩流水远超坊主所掌控的计量，
我们也知，从切开的面包中偷取一片是多么易如反掌！
尽管巴西安纳斯身为皇弟，
比他更高贵之人

	又何尝不曾将武尔坎[1]的绿帽高顶头上。
阿戎	（旁白）嗯，萨特尼纳斯也难逃此网。
德魔瑞乌斯	若明悉斩获芳心之道，
	甜言蜜语、姣美面容、慷慨馈赠得当巧妙，
	那为何还要身陷绝望，竟不知如何是好？
	你们不是经常在看鹿人的眼皮底下
	射猎母鹿并将其偷偷运出？
阿戎	啊，如此看来，速战速决的偷猎，
	亦可让你们志满意得。
艾戎	哦，能满足就好。
德魔瑞乌斯	阿戎，你一说即中。
阿戎	但愿你们也能得中，
	我们可别再为此胡闹争吵。
	听着，听我说，莫非你们真愚蠢至极，
	竟要为此争论不休？
	现在双方利益均沾，互不妨害，岂非妙招？
艾戎	说实话，我不介意。
德魔瑞乌斯	但凡有我一份，我也不反对。
阿戎	好不丢人，快快握手言欢，为你们所争之物共同努力吧：
	想要实现你们的目标，此种谋略定可奏效，
	你们还要笃心定神，付诸行动，让美梦成真。
	把所能想到之法，全都发挥到极致。
	记住我的话：巴西安纳斯的爱人，这个拉维妮娅，

---

1 武尔坎（Vulcan）的妻子维纳斯（Venus）与战神玛尔斯（Mars）私通，因此以他的名字代称妻子不忠的男人。

远比烈女鲁克丽丝 [1] 持贞守洁，

我们必须行动迅速，

莫一味地纠缠于相思伤神，徒耗时光。

有条绝妙途径我已了然于心，

二位公子，皇上不日将狩岳巡方；

可爱的罗马姑娘也将聚集一堂。

林间的道路宽阔敞亮，

那人迹罕至的偏乡僻壤，

可谓是真正的寻欢之地，作乐之乡。

想法儿把这姣美的小鹿诱至此处，

先施以美言妙语，不济，便可强行攻上：

只此一途可使你等实现愿望。

来，来，我们的皇后，

正运用她的无比睿智，神圣地编织复仇大计，

若她知晓此奇思妙想，

定会指点一二，使我们天清地朗，

不会任由你们手足残杀，

而是襄助二位公子如愿以偿。

皇帝的宫廷宛若一座流言堂 [2]，

各色口舌耳目，林林总总，

森林却那么阴森恐怖、漠然冷酷。

勇士们，在那里畅所欲言，为所欲为，竞展攻猎身手吧：

在那蔽日遮天的去处，打开拉维妮娅的宝库，

1 鲁克丽丝（Lucrece）是罗马贞洁妻子的代表，她在遭到塔昆（Tarquin）强暴后自杀。
2 该说法源自奥维德（Ovid）的《变形记》（*Metamorphoses*）和乔叟（Chaucer）的《声誉之宫》（*House of Fame*）。

<table>
<tr><td></td><td>一如渴骥奔泉，尽享盛宴吧。</td></tr>
</table>

艾戎　　　哥儿们，你这法子听来倒也算得痛快。

德魔瑞乌斯　是非对错姑且不管，我先要得到一汪清泉，冷却这炽火烈焰；

用那神咒妙语，平息这意乱神翻，

哪怕因此而身陷地狱[1]，我亦情愿心甘。　　　　　　　众人下

第二场　　／　　第二景

罗马（皇宫外）[2]

伴着猎狗的叫声和号角声，泰特斯·安德洛尼克斯、他的三个儿子与玛克斯上

泰特斯　　　狩猎活动一切齐备，晨光明澈，天朗气清，

大地馥郁，绿林成荫：

此处该放开猎犬，让群狗狂吠，

来唤醒圣上和他的可爱新娘，

让号角齐鸣来召唤亲王，

让整个宫廷五音齐鸣，回声涤荡。

儿子们，须尽心侍候圣上，

亦是我们责之所当。

昨晚一夜我未能安眠，

拂晓时分我才略感意静神闲。

1　"身陷地狱"的说法源自塞内加（Seneca）的《希波吕托斯》（*Hippolytus*）。

2　到本场止，本剧的文体主要是皮勒手法；从这里之后，主要为莎士比亚的手法。

号角吹起。猎犬吠声、号犬之声大作，接着萨特尼纳斯、鞑魔拉、巴西安纳斯、
拉维妮娅、艾戎、德魔瑞乌斯及众侍从上

     陛下早安，

     皇后同安。

     我答允过要以号犬之声来向您问候。

萨特尼纳斯 我的大人们，你们做得十分用心，

     但对于新婚之妇而言时间略早啊。

巴西安纳斯 拉维妮娅，你看呢？

拉维妮娅 我说，不。

     两个多小时之前我就醒了。

萨特尼纳斯 那么来吧，让我们上马，坐车，

     去打猎。——（对鞑魔拉）夫人，

     现在让你见识见识罗马人狩猎。

玛克斯 陛下，我的犬群

     可以搜捕全猎场最为骄纵的黑豹，

     也可攀登至历井扪天的悬崖至高。

泰特斯 我的骏马可以追踪脱逃猎物，

     宛若燕驰平川，奔逸捷足。

德魔瑞乌斯 艾戎，咱不求犬马奔腾，驰骋猎场，

     唯愿把最鲜嫩的雌鹿[1]扑倒地上。

                众人下

---

1 此处运用借代修辞手法，以雌鹿代指拉维妮娅。——译者附注

第三场　　　／　　　第三景

罗马附近的森林

阿戎独自上，执一袋金子

阿戎　　　聪明人都认为我草木愚夫，

　　　　　　不将这黄金据为己有，

　　　　　　反而悉埋于树。

　　　　　　莫道今日我悲惨，总有一刻叫你知晓，

　　　　　　这金子啊，正为我铺铸妙计一条，

　　　　　　如此玄妙功效，

　　　　　　将会成就无与伦比的罪恶奇招：

　　　　　　休息吧，亲爱的金子，（藏起金子）

　　　　　　你本为皇后箱中之宝，金落谁手谁栽倒。

塔魔拉上，走向摩尔人

塔魔拉　　我可爱的阿戎，一切尽显美妙，

　　　　　　为何你却面露悲伤？

　　　　　　鸟儿在丛丛灌木上纵情欢唱，

　　　　　　蛇儿蜷缩，沐着欢乐的阳光，

　　　　　　绿叶在清爽的风中微微抖动，

　　　　　　留给大地点点斑驳，树影荡漾。

　　　　　　阿戎，借这美妙树荫，我们坐下，

　　　　　　聆听猎犬吠叫的嘈杂回声，

　　　　　　向浑然号角作出刺耳的应答，

　　　　　　仿佛两场狩猎齐头并进，

我俩相依而坐，就着这噪声嘈杂，

鸾俦凤侣，尤云殢雨，

宛如埃涅阿斯和狄多 [1]，

正逢狂风骤起，暴雨突降，

把受困的隐秘洞穴作为欢爱之床，

亲昵依偎，爱的臂弯共享，

尽情消遣之余，还可休憩片刻，

伴着猎狗、号角和鸟儿的甜美歌唱，

宛如保姆唱给婴孩的催眠曲儿，

共进甜美梦乡。

阿戎　　夫人，尽管您的情欲是维纳斯 [2] 主宰，

我却困扰于土星 [3] 之阴霾：

它让我的眼睛黯淡无光，

它让我沉闷寡言、徊肠情伤，

它让我羊绒般的头发根根直立，

宛若毒蛇伸展躯体，准备发起致命攻击。

这多信号究竟意欲怎样？

不，夫人，这绝非情爱之兆；

复仇深植我心，死神被我攥紧，

血腥、报复敲击着头颅，此起彼伏。

听着，鞑魔拉，我灵魂的皇后，

您比老天更值得我信任托付，

---

1 根据维吉尔（Vigil）的《埃涅阿斯纪》（Aeneid）记载：埃涅阿斯在特洛伊城破，并经历海上流浪之后，在迦太基（Carthage）登陆并爱上了女王狄多（Dido）。在外出狩猎之时，他们遭遇大雨，在一个洞穴中避雨并寻欢。

2 罗马爱神。

3 土星被认为会使男性愠怒、伤情。

今天即为巴西安纳斯的末日穷途：

他的菲洛梅尔也须在今日失去舌头[1]，

您的公子们将把她的贞洁夺走，

还要用巴西安纳斯的鲜血洗手。

看到此信了吗？我恳请您，

将这毒辣阴谋的文字带给皇帝，

现在莫要多问其他：有人看见我们了。

满心期望的猎物正朝我们走来，

尚不知二人已命悬一线，却毫无惧色，毫不悲哀。

巴西安纳斯与拉维妮娅上，站在远处

塔魔拉　　噢，我的宝贝儿摩尔人，对我来说，甘醇甜美甚于生命！

阿戎　　　不要说了，我伟大的皇后：巴西安纳斯来了。

不管说啥，便和他们故意找茬儿，

我这就去叫二位公子来助你吵架。　　　　　　　　　　　　下

巴西安纳斯　此人谁呀？是罗马的皇后殿下，

身边因何没有了卫队护驾？

抑或您是猎神狄安娜[2]，只是化身为她，

背弃那神圣的天林，

下凡观看林中狩猎的场面宏大？

塔魔拉　　无耻之徒，竟敢跟踪本后步伐，

若本后坐拥狄安娜之予夺生杀，

我定叫你头上生角，

---

1 菲洛梅尔（Philomel）被忒柔斯（Tereus）强奸并割掉舌头，以防她说出真相。最终，菲洛
　梅尔将真相织出，事情水落石出。

2 掌管狩猎和贞洁的罗马女神。

将阿克泰翁[1]仿效，

让成群的猎狗对你新变出的四肢紧追不放，

就像你现在粗鲁地妨碍别人一样。

拉维妮娅 高贵的皇后，请容我进一言，

大家都无可怀疑，您确有本事把绿帽来编，

您和您的摩尔人故意脱群，幽会于此，

实在疑云团团，让人猜度你俩在做爱的探险：

愿今天朱庇特[2]保佑您的夫君不被猎犬追逐——

若它们把他当做那头公鹿，可谓莫大遗憾。

巴西安纳斯 说真的，皇后，您那位黑人伙伴，

已然用他的肤色将您的荣耀浸染，

龌龊污秽，令人作呕，罪恶滔天。

因何您甩开了皇室的随从卫队，

因何您离开了雪白的骏马之背，

因何您又独独漫步到此隐蔽之处，

偏偏是那野蛮的摩尔人作陪，

难道您并非受控于邪思欲念，想入非非？

拉维妮娅 而你们的欢乐受到了干扰，

难怪要和我的夫君撒气吵闹，

说他鲁莽无礼。——（对巴西安纳斯）恳求您，

还是让我俩走吧，

让她尽享乌鸦色的鸾颠凤倒。

此溪谷幽静偏僻，可谓美妙。

---

1 阿克泰翁（Actaeon）因为见过狄安娜裸身洗澡而被变成了一只雄鹿，被他自己的猎狗追猎
  撕碎。
2 罗马主神。

巴西安纳斯　我的皇兄必须要对此事明了。

拉维妮娅　是啊，这等丑行已然让他名臭千古：

尊贵的君王，竟遭受此等奇耻大辱。

鞑魔拉　我又何苦要耐心忍受这无礼叫嚣！

艾戎和德魔瑞乌斯上

德魔瑞乌斯　怎么啦，我们最端庄贤淑的亲爱的妈妈，

因何您面容苍白，神色憔悴，皇后殿下？

鞑魔拉　你们认为我怎会无缘无故神情恍惚？

他们两个将我诱骗至此处：

这个令人生厌的荒凉溪谷。

这儿的树，即便夏日也叶稀枝枯，

满目的青苔和槲寄生将他们荼毒：

此地寸草不生，天日暗无，

唯有夜行的鸱鸮和乌鸦这等死亡之鸟。

他们将我带至此处，着实令人心生憎恶，

还告诉我深更半夜之时，将有

一千个魔鬼，一千条吐信毒蛇，

上万只刺猬，上万只蟾蜍，

在此哭嚎，其声令人骨寒毛竖，

任何凡人闻听此声，

或立刻疯癫，或猝然暴毙，一命呜呼。

讲毕这神憎鬼厌之事，

他们便要立即把我捆绑起来，

绑在这霉运附体的杉树之上，

让我独独在此，凄惨而亡。

他们还指责我是奸妇，龌龊肮脏，

哥特媚狐，奸淫放荡，

　　　　　如此污言秽语，闻所未闻。
　　　　　若非美好的运气让你们恰好赶来，
　　　　　他们已然实施报复，丧心病狂。
　　　　　你们若爱妈妈的生命，为妈妈复仇吧，
　　　　　否则你们就枉为我儿，辜负这母子一场。

德魔瑞乌斯　此乃我为您亲儿子的见证。（举剑刺杀巴西安纳斯）

艾戒　　　　该我了，尝尝我的厉害吧，弄死你。

　　　　　（他亦举剑刺杀巴西安纳斯）

拉维妮娅　　啊，来吧，妖精塞弥拉弥斯[1]！不，暴虐的鞑魔拉，
　　　　　如此蛇心蝎性空前绝后，除你自己，无可匹敌。

鞑魔拉　　　把你的短剑给我：儿子们，要知道，
　　　　　你们的母亲要亲手纠正这被欺骗之过，报仇雪恨。

德魔瑞乌斯　且慢，母亲，更多的手段在等着她：
　　　　　先将谷粒儿打出，后才焚烧稻秸。
　　　　　这种婊子自诩贞洁守操，
　　　　　死守婚约并自以为豪，
　　　　　她还竟敢撒野犯上，自恃狂傲。
　　　　　怎能让这骄纵之人轻易死掉？

艾戒　　　　倘若真真儿就此罢手，我宁愿自己是条阉狗。
　　　　　将她的男人弄到那隐秘的洞穴，
　　　　　我们以尸身为枕，尽享欲望美酒。

鞑魔拉　　　一旦你们心满意足，得采蜜后，
　　　　　莫留这黄蜂活得太久，要不大家皆有被蜇之忧。

艾戒　　　　儿子保证，母亲大人，我们定斩草除根，绝无后患。——
　　　　　来吧，小姐，让我们尽情地享用吧，

1　参见35页注1。

	享用你那精心保存的鲜酿蜜源。
拉维妮娅	哦，鞑魔拉，你白白生就一张女人之脸——
鞑魔拉	我不想听她在此乱语胡言，带她滚！
拉维妮娅	好心的公子们，快请求她听我一言，只此一言。
德魔瑞乌斯	（对鞑魔拉）听我说，母后大人：
	看她泪如雨下，只道是您的荣耀光华，
	唯愿您心如磐石，任凭她泪花滴洒。
拉维妮娅	何时轮到崽子训诫母虎？
	哦，莫要如她一般愤怒：你原本是她一手传授。
	她给予你的乳汁已成石头：
	甚至吮奶之时，你的残暴早已铸就。
	一母同胞并非一路货色吧：——
	（对艾戎）你恳求她发发善心，展露一点女性慈悲吧。
艾戎	什么？你竟然让我证明自己并非母亲所生？
拉维妮娅	是啊，乌鸦怎能生出云雀。可我听过——
	猛狮野兽尚怀悲悯，
	哪怕利爪已遭刖尽；
	乌鸦亦不忍丢下弃雏，
	纵巢中幼崽饥肠辘辘。
	——唉，多么希望我能赶上此齐天洪福！——
	啊，尽管你们铁石心肠，对此不屑一顾，
	大仁大慈我不敢奢求，些许怜悯于我而言也已足够！
鞑魔拉	我不懂什么叫怜悯。——带她滚！
拉维妮娅	看在我父面上，让我告诉你何为怜悯，
	他曾对你们有不杀之恩，
	你们可别这样麻木无情，充耳不闻。
鞑魔拉	尽管你本人从未冒犯于我，

正因为他，我也决不慈心懦弱。

要记得，儿子们，当初为救你们被充作祭品的哥哥，

我挥泪哀求却终究无果，

暴徒安德洛尼克斯从未怜悯。

带她滚，对她纵情折磨：

越是残忍，便越是对我爱得深沉。

拉维妮娅　哦，鞑魔拉，做个仁慈的皇后，（拽住鞑魔拉）

悬请您在这里亲手将我杀戮，

我久久地乞怜，并非苟且求生，

巴西安纳斯已去，可怜的我早已尸居余气。

鞑魔拉　那么你有何所求？蠢货，放开我。

拉维妮娅　我只愿速死，但仍有一求，

它令所有的女士羞于张口。

啊，莫让他们的欲火将我燃尽，

这下贱的勾当远胜死亡，

莫让我的身体在男人面前曝光，

请成全我吧，做名仁慈的杀手。

鞑魔拉　那，我岂非要夺我儿之福？

不，要让他们在你身上心满意足。

德魔瑞乌斯　（对拉维妮娅）快滚，你已在此处耽误我们太久太久。

拉维妮娅　仁慈全无？母性尽丧？啊，你人头兽鸣，

女性公敌，奇耻大辱，

愿灾难降临——

艾戎　闭嘴，我封了你的嘴。（抓住她）——

（对德魔瑞乌斯）把她的丈夫拖过来：

此即为阿戎吩咐过的藏尸之处。

德魔瑞乌斯将巴西安纳斯的尸体扔进坑穴后与艾戎拖着拉维妮娅下

鞑魔拉	再会，儿子们：要手脚利落，要将后患根除。
	直到安德洛尼克斯的全族洗颈就戮，
	我的心才可由衷地欢欣鼓舞。
	现在便去寻我心爱的摩尔人，
	这个婊子任由那饥渴的儿们惩处。　　　　　　　　下

阿戎与泰特斯的两个儿子昆塔斯与玛舍斯上

阿戎	公子们，来，再往前走走，
	直接地，你们便可亲睹坑穴的可恶模样，
	就是在那里，我见那黑豹正熟睡憨详。
昆塔斯	我的眼前凄暗缭绕，不知究竟是何征兆。
玛舍斯	我也一样，敢打保票。若非恐怕遭羞受辱，
	我宁愿离开猎场饱睡一觉。（跌入坑中）
昆塔斯	你掉哪了？此洞何其凶危玄妙！
	洞口布满了野生荆棘，
	叶面还留有新鲜血迹，
	宛若清晨花瓣之上的露珠点点。
	在我看来，此处实为杀人取命之地。
	说话呀，兄弟，你是否摔坏了哪里？
玛舍斯	哦，兄弟，摔到此种阴暗晦气之地，（玛舍斯自主台说）
	若光线可见必触目生悲！
阿戎	（旁白）现在我就去将皇帝带到这儿来，
	目睹他二人在此，皇上必然得猜，
	是他二人将皇弟生生杀害。　　　　　　　　阿戎下
玛舍斯	为何不安慰我，救我出来，
	让我快从这阴森弥血的洞穴离开？
昆塔斯	莫名恐惧将我侵袭，
	心神不宁，汗洽股栗，

眼目未见，心中却遍布猜疑。

玛舍斯　　为证明你心如明镜，能掐会算，

你和阿戎不妨望一眼这个兽圈，

亲眼看看这血腥和死亡的凄惨。

昆塔斯　　阿戎已走，而这颗同情之心，

叫我不忍卒目，多看一眼。

仅是想象，也令我不胜胆战。

哦，告诉我究竟情况怎样，

我从不曾如此孩童一般，对未知事物惶惶不安。

玛舍斯　　下面浸泡着巴西安纳斯殿下的尸体，

他像一只被宰的羔羊，

静静地躺在这令人作呕、阴暗嗜血的洞里。

昆塔斯　　既然洞里阴暗，你又如何知晓那是巴西安纳斯？

玛舍斯　　在那满是血污的手指上，

一枚珍宝戒指将坑洞点亮，

宛如墓穴中的微弱烛光，

映出了洞中的凌乱，

和逝者的苍白面庞：

当皮剌摩斯[1]浸躺于少女血泊中时，

那晚的月光也同样惨淡地洒在他的身上。

恐惧令我几欲昏厥，换做是你，也是一样——

哦，兄弟，快用你那虚弱的手救我出去——

救我离开这吃人的魍魉之地，

1　皮剌摩斯（Pyramus）错误地认为他的情人提斯柏（Thisbe）被狮子杀死，于是自杀殉情；提斯柏发现之后，亦自杀。

<table>
<tr><td></td><td>宛如张着血盆大口的科库托斯河[1]，真真的人间地狱。</td></tr>
</table>

昆塔斯	我要救你出来，给我你的手。（将手伸进坑中）
	唉，我拉你不动，气力全无，
	或许我还会被你拉下洞去，到那鹰挚狼食之处，
	此坑深不见底，正是那可怜人巴西安纳斯之墓。
	而我却毫无力气将你拉出洞口。
玛舍斯	没有你的一臂之力，我亦无力气自救。
昆塔斯	再来一次，这次我决不松手。
	要么你上来要么我下去，
	若你不能得救，我便与你患难共受。（两人一同跌入坑中）

皇帝、摩尔人阿戎及众侍从上

萨特尼纳斯	跟我走，我倒要瞧瞧这究竟是个什么洞，
	跳进去的到底是些什么人。——
	说，你们究竟是谁，
	（对坑内说）跳进了这洞穴之中？
玛舍斯	老安德洛尼克斯的一对不幸儿，
	在不幸的时间被带到此地，
	却发现令弟巴西安纳斯不幸惨死。
萨特尼纳斯	我的弟弟已死？我只道你在开玩笑：
	我与他刚刚道别，一小时还不到。
	他夫妇二人尚处猎场草屋之内，
	就在这秀丽的狩猎区之北。
玛舍斯	我们并不明了您在何处还见他活着，
	但天啊，我们看到时他已身殒命折。

安德洛尼克斯、卢修斯与率众侍从的鞑魔拉上

---

1 科库托斯河（Cocytus）：地狱中的一条河，这里泛指地狱。

鞑魔拉	我的皇上安在？
萨特尼纳斯	我在这里，鞑魔拉，此痛哀哀欲绝，令我椎心泣血。
鞑魔拉	您的弟弟巴西安纳斯何在？
萨特尼纳斯	此言此语触痛我心底之殇：

可怜的巴西安纳斯遭人谋杀，永久地躺在这洞穴中央。

鞑魔拉　这关乎性命的文字我送得太晚太晚，

这便是整个突发悲剧的情节模版，

出乎意料呵，这残杀本蓄谋已久，

他人竟将此深藏于一副笑颜媚骨。

（她给萨特尼纳斯一信）

萨特尼纳斯　（萨特尼纳斯读信）

"若我们未能与他谋面，或时机不巧，

好心的猎人，您能否为他——

巴西安纳斯——挖一个墓巢。

我们的意图您已心明肚晓。

接骨木[1]枝叶繁密，将洞口遮得巧妙，

树下荨麻丛中正放着您的酬劳。

这正是我们决定的巴西安纳斯埋尸之地。

就这样干吧，您将成为我们永久的朋交。"

哦，鞑魔拉，你可曾听过如此言语？

这便是那个坑，这就是那棵树。——

看啊，诸位，看你们能否找到

在此谋杀巴西安纳斯的猎人恶枭？

阿戎　（找到袋子）我仁慈的陛下，这便是那袋金子。

萨特尼纳斯　（对泰特斯）你的一对杂种，虎豹狼豺，

1　接骨木〔Elder tree〕：一种象征着不祥与背叛的树。

竟将我弟弟的性命生生残害。

来人呀，把他们从坑里拽出来扔进监牢，

听命候审，等我们想出

前所未有的酷刑折磨，叫他们来抵偿血债。

鞑魔拉　什么？他们在坑中？哦，简直怪事咄咄！

（↓侍从或将昆塔斯与玛舍斯从坑中拉出↓）

这谋杀竟轻而易举便得石出水落。

泰特斯　尊敬的皇帝陛下，我用这羸弱的双膝，（跪地）

以及从不轻落之泪恳求您，

切莫草草为犬子定罪，

若可证明确系二人所为，他们便真真儿是罪该万死——

萨特尼纳斯　这还需要证明吗？你看，完全是显而易见啊。

是谁找到的信？是你吗，鞑魔拉？

鞑魔拉　是安德洛尼克斯亲自将信捡起。

泰特斯　是我，陛下。请允许我为他们担保，

对着祖宗神圣的墓茔，我郑重起誓，

他们将随时恭候王命处置，

以命来澄清这一杀人嫌疑。

萨特尼纳斯　你做保人，这可万万不能；你得跟我走。（↓泰特斯起身↓）——

带上死者尸体，绑走这对死囚，

其罪已昭然若揭，他们无须开口；

若有一种结局，其惨烈远胜死亡，

说真的，一定属于这对罪魁祸首。

鞑魔拉　安德洛尼克斯，我会劝慰圣上，

无需过度殚精忧肠，令郎自当安然无恙。

泰特斯　来，卢修斯，过来。莫要和他们说话。　　　众人下

第四场　/　景同前

皇后的儿子德魔瑞乌斯与艾戎带着拉维妮娅上。拉维妮娅已遭轮奸，双手和舌头被砍掉

德魔瑞乌斯　　假若你尚能说话，去，去昭告大家，
　　　　　　　是谁占有了你，并把你的舌头割下。

艾戎　　　　假若你的残臂还能书写，
　　　　　　　去，去写下你的心思，一表你的想法。

德魔瑞乌斯　　看啊，看她还能比划出怎样的标记手法。

艾戎　　　　回家去吧，叫人用花汁香水，为你洗洗手吧。

德魔瑞乌斯　　她没有舌头去叫，更无洗手的必要。
　　　　　　　就叫她自个儿走她的无声之路吧。

艾戎　　　　若我换作她，我早就上吊啦。

德魔瑞乌斯　　那你也需要用手去栓上那个结吧。

　　　　　　　　　　　　　　　　　　艾戎与德魔瑞乌斯下

号角吹起。玛克斯狩猎归来上，走向拉维妮娅，拉维妮娅跑开

玛克斯　　　此人是谁？我的侄女竟仓皇逃开！
　　　　　　　（拉维妮娅回转身）
　　　　　　　孩子，只问一句话：你丈夫何在？
　　　　　　　若是做梦，愿全部财产唤我醒来；
　　　　　　　若是清醒，我愿撞上任意行星，
　　　　　　　常居永眠之态。
　　　　　　　说啊，心爱的侄女，是哪双狠心辣手

连劈带砍你这柔枝嫩柳，

让你痛失一双甜美珍饰，徒留这干秃枝朽；

能睡在如此枝怀叶抱，多少君王梦寐以求，

他们却未必福泽深厚，哪怕仅得到你爱之半数。

为什么你沉吟不语？

（拉维妮娅张开嘴）

唉，那汩汩热血汇成条条殷红的河渠，

宛若泉水激涌，清风徐徐，

在玫瑰色的唇间恣意荡漾，

和着你蜜浆般的气息含丝吐缕。

一定是哪个忒柔斯¹将你污奸，

让你割舌缄口，

从此不能一言。

你现在转脸过去，自觉耻辱凄惨，

尽管三处枝桠同时血如泉涌，

你依然面露绯颜，

宛如直穿云霾的太阳神提坦。

我能否为你言说心声？我能否确定所料是真？

唉，唯愿我能通你心语，挖出这暴徒野兽，

骂他个狗血喷头，来缓解我心中万般怵忧。

愁肠百结，好比置身烤炉，一气不透，

生生地炙烤呵，叫你心如死灰，渣烬残留。

善良的菲洛梅尔，也不过只失掉舌头，

尚能用双手将凄惨遭遇不舍劳苦，编织成布，

但，我可爱的侄女，此法对你而言也早是一条死路。

---

1 忒柔斯（Tereus）强暴了妻子的妹妹菲洛梅尔（Philomel）。

你遇到的忒柔斯更加狡猾，

他将你美丽的手指悉数砍除，

毁掉了这比菲洛梅尔还精于织工的神指妙手。

哦，即便魔鬼，看到你的双手，纯如百合，

仿佛山杨树叶在琉特琴上颤抖，

让柔软的丝弦与之欢乐地亲吻，

他也终生不忍碰触，生怕丝毫折损。

哦，即便魔鬼，听闻你甜美的舌头，

唱出和谐的天籁歌曲，

他也会扔掉匕首，安然而寝，

就如刻耳柏洛斯[1]遇到色雷斯诗人。

来，让我们走吧，去刺瞎你父亲的双眼，

因如此场景会令所有的父亲目不能观。

一小时的狂风暴雨足以摧毁草场芬芳，

更何况你的父亲将长年累月泪洗面庞？

别后退，我们将与你携手并肩，共渡难关，

唉，唯愿以此缓解你的悲惨凄凉，满腹忧伤。　　　　同下

1　刻耳柏洛斯（Cerberus）：看守冥府大门的三头恶狗。由于色雷斯诗人俄耳甫斯（Orpheus）
演奏琉特琴非常美妙，刻耳柏洛斯在诗人的脚下睡着。

第三幕

第一场 / 第四景

罗马（公共场所）

众法官、元老与被绑的玛舍斯和昆塔斯上，过台面走向法场；泰特斯上前哀求

泰特斯　　　听我一言吧，尊敬的列位父老[1]！保民官们，停一停吧！

诸位请顾念下我这一把岁数吧，

你们尽享安眠时，我把青春抛洒疆场；

请顾念下我曾为罗马大业舍命流血，

顾念我为罗马镇守的夜夜寒霜，

顾念呈于你们面前的老泪纵横，

充盈着我双颊的皱纹行行，

对我儿手下留情吧，我那被误判定罪的儿啊，

他们的灵魂绝不像人们想的那么肮脏。

二十二子相继逝去，我都未曾落泪一滴，

因他们个个都安眠于高贵荣誉之床。

安德洛尼克斯俯身地上，法官们从他身旁经过

而为此二子，两位保民官，尘埃之上

将书写我的哀泪滂沱，呕心抽肠；

让老夫用泪水将干涸的大地滋养，

我儿的忠诚之血使其自觉羞辱，赤面难当。

众人下。泰特斯留场

1　原文为 grave fathers，指身份尊贵、德高望重的老人们。

哦，大地呵，我定对你更关爱有加，
这老叟的愁眉哀眼会将更多的泪水洒下，
远胜那阳春四月的甘霖场场。
夏季少雨干旱，泪水却不会枯竭；
冬天地冻天寒，热泪将为你消冰融雪，
以葆你娇颜永驻，如春面庞，
只要你莫饮我儿鲜血，别让我儿命丧。

卢修斯执剑上

啊，可敬的保民官！啊，仁慈的诸公呐！
请撤销死刑判决，为我儿松绑吧，
我这从不落泪之人要说，
这哀求的泪水便是我的最佳辩言。

卢修斯　哦，尊贵的父亲，徒劳啊，可怜你心剖肝伤；
保民官听不见呀，空无一人在你近旁，
你是在向石头诉说忧伤啊。

泰特斯　啊，卢修斯，让我为你的兄弟们求求情吧。
庄严的保民官们，我再一次乞求你们——

卢修斯　我仁慈的父亲大人，没人听您的乞怜之言。

泰特斯　唉，这不打紧：
即便听到，他们也对我视而不见；
即便看见，他们也不会哀矜施怜。
这不值一晒的愁苦呵，唯有石头尚可倾诉，
纵然它们无法回应我的不幸，
与保民官相比，有时却更值托付。
它们不会胡乱打断别人说话；
当我泪落时，石头们谦卑地静躺脚下，
好似与我同泣，吮吸着我的泪花。

若它们也披上那肃穆的衣装，
罗马没有一个保民官可与之较量。
石头尚能柔软如蜡，保民官却钢铁心肠；
石头姑且沉默不语，毫不冒犯，
保民官却能搬弄口舌，不由分说判人命丧。
为何你要剑拔出鞘，站在这里？（起身）

卢修斯 我欲将两位死囚兄弟救下，
为此，法官对我施行处罚，
判我永远流落他乡，背井离家。

泰特斯 哦，幸运儿啊，他们对你已经很友好大度了。
唉，傻儿卢修斯啊，你难道还不明白
罗马早已是虎群的穴居野处？
虎以猎物为生，而罗马已无他物可捕，唯有我和我的家族。
你幸运得简直无可表述，
居然能在血口之下得以放逐！
是谁和我的兄弟玛克斯一起过来？

玛克斯与拉维妮娅上

玛克斯 泰特斯，您那高贵的眼睛准备流泪吧，
若非如此，您那颗仁慈的心也将支离破碎。
我给残年的你带来了撕心之痛啊。

泰特斯 真会令我心碎至此吗？那就见识一下吧。

玛克斯 她——曾是——您的——女儿。

泰特斯 唉，玛克斯，她现在依然是我女儿啊。

卢修斯 啊，啊，此情此景要我性命！（双膝跪地）

泰特斯 你这柔心软骨的儿啊，起来，看着她。（卢修斯起身）——
说，拉维妮娅，
是哪双罪恶之手让为父现在见不到你的双手？

又是哪个傻瓜往海中倒水，
往特洛伊城的熊熊火光上加柴添油？
你们未到之时，我已血泣肝剖，
现在更胜尼罗河 [1] 决堤，洪水奔流。
拿剑来，让我也砍掉我这双手，
它们曾为罗马而战，现在一切皆是枉然；
它们曾力保罗马，而今却促成我的苦难；
它们也曾被我高高举起，哀怜乞求；
到头来，却无果而终，卵击石头。
现在它们唯一的使命便是
用一只砍掉另一只手。
拉维妮娅，你没有手，
这真好，
凡一切为罗马尽忠之手终究徒劳。

卢修斯 说话呀，亲爱的妹妹：是谁害你残缺不全？

玛克斯 哦，她那鸣唱思想的欢快乐器，
曾汩汩流淌神言妙语，沁人心脾；
而今乐器不在，与甜蜜的笼子生生割离！
那里曾驻着一只悠扬的鸟儿，
歌唱出各种优美旋律，
让聆听她的每只耳朵都愉悦惬意。

卢修斯 哦，快替她说啊，是谁所为？

玛克斯 哦，我发现她时，她一人流荡于猎场，
还意图将自己隐藏，
像是一只小鹿，身受着不治之伤。

---

1 尼罗河以一年一度的洪水泛滥著称于世。

泰特斯　　她，就是我心上的那只小鹿，
小鹿之伤远比取我性命更添苦楚。
现在的我仿佛立于礁岩之上，
环顾四周，沧海茫茫，
那澎湃的潮水比肩逐浪，
恶涛袭来，要把我吞噬在其咸涩的胃肠。
从这里，我那不幸的儿们相继倒下；
独剩此子，却不得不背井离乡。
我的兄弟，哀我之苦，泪雨挥洒。
但我那锥心刺骨的灵魂之殇啊莫过于她，
她比灵魂还亲，我至爱的拉维妮娅。
即便仅仅被人画成此种惨状，
我都会神乱癫狂；
今却亲眼目睹鲜活的你落得如此田地，
我究竟该何为何当？
你失掉了擦去泪水的双手，
也失掉了揭露真凶的舌头，
你的丈夫也已不在人世，
他的离去还牵连你的两个兄弟被判死罪。——
看呀，玛克斯，啊，我儿卢修斯，看她！
当我说到她的兄弟，
那脸颊满是新涌的泪水，
宛若甘露洒在濒临凋落的百合花簇。

玛克斯　　或许她为兄弟杀夫而叩心泣血，
或许她为兄弟蒙冤而泪奔肠绝。

泰特斯　　若凶手果为他们，你可得些许安慰，
此二人早被绳之以法，以命谢罪。

不，不，他们绝不会醒龊至此，
留给亲生的妹妹无尽伤悲。
温柔的拉维妮娅，让我亲吻你的唇，
或你给些指示，我好为你抚平伤痕。
能否让你的好叔叔和兄弟卢修斯，
以及我和你，一同围坐这水泉边，
好好看看水中的张张苦脸，
看它们如何变成洪灾之后的草地，
满目疮痍、泥污未干？
我们可否就这样久久凝视，
直到泉水不再清新，不再怡然，
我们痛苦的泪水早将这泉用咸涩注满。
或者，像你一样，我们砍掉双手，
或者，像你一样，我们咬掉舌头，
在默默寂静中了却这面目可憎的残生？
我们究竟该如何是好？让我们这有舌之人
谋划更多愁苦，忍受更多苦难，
以供后世之人感喟唏嘘。

卢修斯　　亲爱的父亲，请别再流泪吧，
您的哀愁，让可怜的妹妹柔肠寸断，徒增泪流。

玛克斯　　忍耐一些，亲爱的侄女。——仁慈的泰特斯，擦干眼泪。

（递过一手帕）

泰特斯　　唉，玛克斯啊玛克斯，我的兄弟，
你的手帕再也不能多擦一滴眼泪，
它早已浸满了你这可怜人的泪水。

卢修斯　　啊，我的拉维妮娅，我要为你擦干脸颊。

泰特斯　　看啊，玛克斯，看她！我深知其意：

若她还有舌头，若她还能倾诉，

她定会将我之所言向卢修斯重复。

他的手帕也已完全浸透泪水，

这手帕，对她的愁眉哀目已毫无用处。

唉，层层苦难，愁愁交错。

无助至此，就如身陷不受恩赐的林波[1]！

摩尔人阿戎独自上

阿戎　　泰特斯·安德洛尼克斯，

皇上让我捎话儿：

若你实在怜爱那双儿子，

让玛克斯、卢修斯，或你自己，年迈的泰特斯，

或你们中任意一人，剁一只手献给皇上，

皇上便可网开一面，留着他们的性命不杀——

这只手，算是抵他们犯错的代价。

泰特斯　哦，仁慈的圣上，哦，善心的阿戎！

乌鸦真的会像云雀一般吟咏，

将甜美的日出信息四处播送？

把我的手献给圣上，以表我的忠心赤诚。

好阿戎，你可否帮我将它剁下？

卢修斯　慢着，父亲，您那高贵的手曾令无数敌人倒盔卸甲，

万不可就此斧钺残伤。

让我的手来吧——我年轻体壮，

流血对我不算影响，

就让我的这只手来救兄弟们逃离法场。

玛克斯　你们哪只手没有保卫过罗马，

1　林波（Limbo）：未受洗者居住的地方，在地狱的边缘。

曾高举滴血的战斧，

在敌人的堡垒上刻下毁灭字样？

你们两位无一不功劳卓著，万世尊赏。

我的手最无用，就让它作为赎金

去换回我两位侄儿的性命吧，

这样它也失得其所，去得荣光。

阿戎　　别争了，速速决定到底用哪只手，

否则赦令一晚，二人便命丧黄泉。

玛克斯　当然用我的手。

卢修斯　我对天起誓，这可万万不能！

泰特斯　两位先生，你们莫要相争。像我如此残枝败体，

已近枯草拔根时分，一定要砍我的。

卢修斯　亲爱的父亲，若您还认我为儿子，

就让儿子的手来救手足吧。

玛克斯　为了我们父母的慈爱，

让我的兄弟之情得以表达吧。

泰特斯　由你们决定吧，我的手退出。

卢修斯　我得用把斧头。

玛克斯　我也去拿斧头。　　　　　　　　　卢修斯与玛克斯下

泰特斯　来吧，阿戎，我已将二人骗走；

搭把手，帮我把手交给你。

阿戎　　（旁白）若这也算骗，我便是那诚实典范，

且此生从未如此将别人欺瞒。

然而我在骗你，用另一种手段，

不到半小时后，你将一目了然。

（他砍掉泰特斯的手）

玛克斯与卢修斯重上

泰特斯	现在请停下你们的争抢，该做的早已尘埃落定。
	好人阿戎，请将此手敬献给圣上，
	告诉他，这手曾于千难万险中为他保驾护航；
	请他将之埋葬。
	它积德深厚，更多荣宠，亦配担当。
	至于儿子们，这桩交易可谓是廉价购进了奇珍异宝；
	但实际上，它至情至切，无比珍贵，
	因为我的儿子是我用身体换回。
阿戎	安德洛尼克斯，我要走了，希望你的手，
	可将儿子很快换回。——
	（旁白）我是说，两颗人头。
	哦，如此奇思妙想，岂不令我大喜过望！
	叫傻子们去行善，让白人们追求恩典。
	阿戎宁愿让自己灵魂黝黑，宛若容颜一般。　　　下
泰特斯	哦，现在我把仅存之手举向苍天，
	空留躯壳垂向大地，苟延残喘。（跪地）
	若有神明惋惜我悲悯的泪水，
	我向他乞求呼唤！——你是要与我同跪吗？（拉维妮娅跪地）
	跪吧，我的宝贝，如此祈求老天定能听见，
	否则，我们的哀叹会令天地昏暗，
	时而雾遮阳，时而云盖日，
	那是云霾将太阳拥搂在怀，不曾消散。
玛克斯	哦，兄弟，说点切合实际的吧，
	莫要疯言乱语，跌入这重重无底之渊。
泰特斯	我的悲伤岂非无底之渊？
	不如让我的真情实感与之进退，溃涌如泉！
玛克斯	还是让理性来掌控你的摧心剖肝。

泰特斯　　　若真有理智来解释这多惨状，
　　　　　　或许还有办法克制我的无尽心殇；
　　　　　　当天公作泣，大地怎不洪水作伥？
　　　　　　若狂风大作，海水怎不以其澎湃宽广
　　　　　　威天慑地，兴风作浪？
　　　　　　你又有何理由解释这混乱的一团？
　　　　　　我，便是那片怒海。听拉维妮娅发出敲天震地的哀叹！
　　　　　　她是哭泣的天，我是大地一片；
　　　　　　她的叹息打动了我的海面，
　　　　　　她的泪水绵延不断，
　　　　　　才让这大地洪水暴虐，四处泛滥，
　　　　　　我的胃肠也早已载不动她的悲苦辛酸，
　　　　　　只能倾肠而吐，像那放荡的醉汉。
　　　　　　别管我了，失败者应享如此特权，
　　　　　　让他们用愤语激言一诉哀心，一倾愁怨。

一信差执两颗人头和一只手上，泰特斯与拉维妮娅或起身

信差　　　　杰出的安德洛尼克斯，您砍下宝贵的手敬献皇上，
　　　　　　到头来，却人去手空，横遭冷嘲热讽。
　　　　　　可怜您那双高贵的儿啊，只有头颅送回，
　　　　　　还有这只断手，也属他们揶揄弄鬼：(放下人头和手)
　　　　　　他们伤言扎语，嘲弄您的决心；
　　　　　　他们仰天大笑，践踏您的苦悲。
　　　　　　您的哀伤种种，都让我感同身受，
　　　　　　即便追忆家父离世，亦不啻此等悲愁。　　　　　　下

玛克斯　　　现在让西西里的埃特纳火山平息啊，
　　　　　　让我的心熊熊不灭，成为烈火地狱！
　　　　　　这多愁苦人心早已不堪重负。

	与哭泣之人同道落泪，或得些许安慰，
	但惨烈悲凄还遭人嗤之以鼻，只能带来翻倍的命陨魂碎。
卢修斯	啊！此情此景怎不让人摧肝喋血，
	但那可恶的生活并未因此而退却！
	即便死神仍赋予生活如此名讳，
	活着早无一丝生机，徒有嗟叹感喟！（拉维妮娅亲吻头颅）
玛克斯	啊！可怜人啊，亲吻亦无力孱弱，
	宛若三九寒冰之于蛰眠之蛇[1]。
泰特斯	这恐怖的蛰伏将何时才能结束？
玛克斯	别再自欺欺人了，安德洛尼克斯，死吧，
	你并非蛰眠。
	看看那两颗头颅吧，看看那只战功赫赫的手吧，
	看看这残缺不全的闺女，看看你这被流放的儿子，
	他目睹惨状，面无血色，恐惧惊慌；
	还有你的亲兄弟——我，亦冰冷木然，宛如石像一桩。
	啊，我再也不劝你，劝你竭力抑制内心的悲伤。
	扯下你的苍苍白发，
	用牙咬那只仅剩的手吧，
	此情此景，令我们一瞑不视，何等凄怆！
	现在便可狂风大作，暴雨漂泊。为何你却一动不动？
泰特斯	哈哈哈哈哈哈哈！
玛克斯	为何你还如此发笑？这确非发笑之时啊！
泰特斯	唉！我再也无泪可流；

---

1 原文为 a starvèd snake，对 starvèd 一词注解为 benumbed by cold。对此不同译本的理解有异：朱生豪译为"饿蛇"，梁实秋译为"冻僵了的蛇"。此处译作"蛰眠之蛇"。——译者附注

况我之敌家乃为这无尽哀愁——

它会攫占我的泪眼，

赎罪之泪滴令我目不能见。

那么，我如何才能找到复仇女神之所在？

这两颗头颅仿佛对我要有所交代，

警示我一定要回击这重重的戕害，

让这一切的始作俑者，即便只是出谋划策，

也要叫他遍尝苦难，否则，我将永无安泰。

来吧，让我想想该如何谋划。

你们这些沉郁之人，都围将过来，

如此，我便可一一面对，以我的灵魂起誓，

为你们每个人报仇雪耻。（他们发誓）

誓成。来，兄弟，你托一颗头，

我这只手也托一颗头。

拉维妮娅，你也来帮忙：

将那只断手衔起，小姑娘。

儿子，你得离开，离开我的视线，

你已是流放之人，逗留此地，未免不便。

去找哥特人吧，在那里重把军队组建，

如果你爱我——我想是这样，

我们就此亲吻告别，还有太多的事情等待解决。

众人下。卢修斯留场

卢修斯　　别了，安德洛尼克斯，我高贵的父亲，

您这罗马史上命途最舛之人。

别了，骄傲的罗马，等着卢修斯回返家园，

他对家族之爱远胜于保命生还。

别了，拉维妮娅，我高贵的妹妹，

> 哦，多愿你一如从前！
> 但如今卢修斯和拉维妮娅的生活早已面目全非，
> 空留哀伤、仇恨、遗忘与混沌。
> 假若卢修斯活着，他将以牙还牙，以眼还眼，
> 让傲慢的萨特尼纳斯和他的皇后在门前乞怜，
> 一如罗马王塔昆[1]夫妇当年。
> 现在我要去哥特将自己的力量组建，
> 让罗马和萨特尼纳斯一报十还。　　　　　卢修斯下

第二场　　/　　第五景

罗马（泰特斯家中）

筵席

泰特斯·安德洛尼克斯、玛克斯、拉维妮娅与男孩小卢修斯上

泰特斯　　来，来，坐下，你们无需食用太多，
　　　　　尚能维持精力，为我们报仇雪恨即可。
　　　　　玛克斯，把你忧伤凝结的双臂放开；
　　　　　你的侄女和我，皆可怜造物，
　　　　　没有手，
　　　　　无法将这十倍之痛抱臂抒怀。

1　塔昆（Tarquin）：即塔奎尼乌斯（Tarquinius），古罗马王政时代的末代国王，在他的儿子塞克斯都（Sextus）奸淫了鲁克丽丝（Lucrece）之后被流放。

我这残存的右手，也只能在胸前一逞淫威，
每每心智躁狂，惚怛伤悴，
肉体的牢狱便心潮澎湃，疯癫不已，
我用它捶胸顿足，使之心如止水。——
（对拉维妮娅）你这灾殃的化身呵，
只能比划出内中块垒，
当你那可怜的心翻滚着惊涛浊浪，
你却无法力挽狂澜，使之风平波息。
姑娘，声声叹息可将之摧残，阵阵呻吟可将其灭歼；
抑或用牙咬起一把小刀，
对着心脏凿它个洞，
你那凄眉惨目所流之泪，
全部都会流入洞里，渗透进去，
那哀伤的蠢货将活活湮没于咸涩的泪水。

玛克斯　呸！呸！兄长，
莫要教她用这些残暴的手段对待那稚嫩的生命。

泰特斯　怎么了？悲伤已经让你堕入愚痴了吗？
不，玛克斯，无人比我更该疯傻。
于她而言，她还有何毒手可下？
你又为何，非要提这"手"字啊？
难道要让埃涅阿斯讲述两遍
特洛伊城如何被焚毁，他又如何痛苦难当？
哦，别再说手的话题，
没手的我们总不免要想到自己。
呸，呸，我怎么又疯言乱语，
好像若玛克斯不提手这个字，
我们便可忘记自己无手的事实。

来吧，让我们用餐吧。好姑娘，吃这个吧。
这里无酒啊！听，玛克斯，她所说的话；
我能解释她所有的愁标苦记——
她说什么也不喝，唯饮泪水，
这泪水就着悲伤，在她的脸颊之上同酿。——
吞声饮恨的哀叹者，我将要谙习你之所想，
我要对你的沉默举动了如指掌，
像行乞隐士熟稔神圣祷告一样。
你的一声叹息，或是残肢指天，
或闭眼，或点头，或下跪，或暗示，
我都会将之理解为你的只言片语，
并加以长期练习来参透你的心思。

男孩   好爷爷，不要再说这多痛苦和悲伤，
讲些有趣的故事逗姑姑开心吧。

玛克斯   唉，这幼子亦情感触动，
潜然于爷爷的悲痛。

泰特斯   快安静下来，小娃娃，你本是泪水化身，
所流之泪会很快融化掉你的生命。

玛克斯用刀击打餐盘

玛克斯，你用刀在打什么？

玛克斯   打那我刚刚弄死的东西，我的大人——一只苍蝇。

泰特斯   狼心狗肺，你这杀人犯！杀死了我的心。
我看够了暴行场景，
你却还在滥杀无辜，
你已非我泰特斯的弟兄。
你滚，你我已非同道中人。

玛克斯   哎呀，我的大人，我只不过打死了一只苍蝇。

泰特斯　　　"只不过"？那只苍蝇有父有母怎么办？
　　　　　　它还如何张开柔嫩的金翅，
　　　　　　在空中讲述血泪盈襟的故事！
　　　　　　那可怜无罪的苍蝇啊，
　　　　　　和着悦耳的嗡嗡旋律，
　　　　　　到这里给我们送欢乐，你竟将它活活杀死！

玛克斯　　　原谅我吧，先生，那只黝黑的苍蝇实在令人生厌，
　　　　　　就像是皇后的摩尔人，因此我将它杀死。

泰特斯　　　哦，哦，哦！
　　　　　　请原谅我对你的误会怒斥，
　　　　　　你做了一件多么仁爱之事。
　　　　　　把刀给我，我要将它好生羞辱一番。
　　　　　　我告诉自己，这就是那个摩尔人；
　　　　　　我告诉自己，他居心叵测，前来毒害于我。——
　　　　　　这一刀给你，这一刀给鞑魔拉。（拿起刀，捅）
　　　　　　啊，你小子！
　　　　　　但我想我们尚不至卑鄙至此，
　　　　　　二人合力将这苍蝇杀死，
　　　　　　只因它像极了那个黑炭似的摩尔人。

玛克斯　　　唉，可怜人啊！他悲伤发作，不能自已，
　　　　　　竟以假当真、以幻为实！

泰特斯　　　来，收拾桌子。拉维妮娅，你跟我走。
　　　　　　去你的房间，我和你一起读，
　　　　　　读读那些古时的悲愁故事。
　　　　　　来吧，孩子，和我一起走：你年轻眼亮，
　　　　　　当我老眼模糊之时，你要接着读下去。　　　　　　　同下

第四幕

第一场 / 第六景

罗马（泰特斯家门外）

拉维妮娅追着小卢修斯上，小卢修斯腋下夹书逃离拉维妮娅，小卢修斯掉书

泰特斯与玛克斯上

小卢修斯　救命啊，爷爷，救命！

　　　　　不知为何，拉维妮娅姑姑到处追着我跑啊。

　　　　　好爷爷，玛克斯，看她跑得多快啊。

　　　　　唉，亲爱的姑姑，我不懂你的意思啊。

玛克斯　站我身边，卢修斯，别怕你姑姑。

泰特斯　孩子，姑姑她爱你，断不会伤害你。

小卢修斯　是啊，我爸爸在罗马时，她的确如此。

玛克斯　我的侄女拉维妮娅做如此动作，究竟是何意？

泰特斯　卢修斯，别怕姑姑——她一定是有所表达。

　　　　　看啊，卢修斯，看姑姑多么懂你啊，

　　　　　她只是可能想要你陪着到一个什么地方。

　　　　　啊，孩子，姑姑曾耐心地为你讲述

　　　　　好听的诗歌和西塞罗[1]的《论雄辩家》，

　　　　　即便是科尔涅利娅[2]妈妈对自己儿子的耐心也比不上啊。

1　西塞罗是古罗马的著名演说家，著有《论雄辩家》（De Oratore）一书。

2　科尔涅利娅（Cornelia）是古罗马一位著名的母亲，以教育她的儿子格拉古兄弟（Gracchi）闻名。格拉古兄弟是古罗马著名的贵族政治改革家。

你没有猜过姑姑这样做的原因吗?

小卢修斯　爷爷，我并不知，也猜不到，

她定是疯癫迷心，怒火中烧，

曾经，我听爷爷讲过，

极度痛苦将令人神狂意躁。

我也读过特洛伊战争中的赫卡柏[1]:

她愁极而疯，这令我胆战心惊。

爷爷，我当然知道，

姑姑如母亲般疼我爱我，

若非发疯狂躁，定不会如此这般，

她令我丧胆丢书，四处乱窜。

或许真的事出偶然，但请原谅我，亲爱的姑姑:

若叔爷玛克斯和我们一起，

我将十分乐意伴您左右。

玛克斯　卢修斯，我会的。(拉维妮娅用残肢翻书)

泰特斯　拉维妮娅，怎么了? ——玛克斯，这是何意?

她像是要看哪一本书。

这些吗? 姑娘，是哪本? ——孩子，来，把书打开。——

(对拉维妮娅)这些小人书你已完全烂熟于心了呀。

来，去我的书房选吧，

读书可帮你消减痛苦，

直到老天睁眼，

将罪恶真相揭露，坏人揪出。

这是什么书? 她反复地举起双臂又是何故?

玛克斯　我想她在说不止一人是这宗罪孽的始作俑者。

1　在奥维德的《变形记》中，赫卡柏(Hecuba)由于痛苦发疯，最终变成了一条狗。

	是的，肯定不止一人，
	要么她便是振臂呼天，乞求复仇雪恨。
泰特斯	卢修斯，她一直在翻的是什么书？
小卢修斯	爷爷，是奥维德的《变形记》，
	我妈妈给我的。
玛克斯	许是眷恋那逝去的母爱，
	她便将此书挑选出来。
泰特斯	等等，她那么焦急地翻书！（帮她）
	她要找什么？拉维妮娅，要不我帮你来读？
	这里讲菲洛梅尔的凄惨遭遇，
	讲忒柔斯的背叛和奸污——
	奸污，我恐怕，正是奸污给你带来这无尽的痛苦。
玛克斯	看啊，哥哥，看，看她在查找哪一页。
泰特斯	拉维妮娅，好姑娘，你是被什么人抓住，
	在冷酷、荒芜、沉郁的森林里
	像菲洛梅尔一样，遭遇胁迫、强暴和荼毒？（拉维妮娅点头）
	看，看！
	是的，我们打猎之地，便是如此去处——
	啊！宁愿我们从来没有去那里打猎！——
	正如诗人所描述的一切，
	那里云迷雾锁，本就适合谋杀与奸污。
玛克斯	哦，大自然为何要造出如此龙潭虎穴，
	难道众神亦倾心于这悲剧幕幕？
泰特斯	给我们些暗示吧，姑娘，——这里并无外人——
	是哪个罗马贵族竟敢对你痛下如此毒手。

是不是萨特尼纳斯，一如塔昆[1]从前，

溜出营帐，在鲁克丽丝的床上做下罪恶的勾当？

玛克斯 坐下，亲爱的侄女。哥哥，坐我身旁。

阿波罗、帕拉斯、朱庇特、墨丘利[2]，

四位神明请赐予我力量，让我找出这实犯真赃。

我的大人，看这里；看这里，拉维妮娅。

他用嘴和脚引着权杖，写出自己的名字

这片沙地如此平坦，若你也可以，

书写吧，像我一样。

我能写出自己的名字，并不需要手的帮忙。

是那大逆不道的孽障啊，逼得我们采用如此办法。

好侄女，你写吧，在这里写出

那上天终将揭示的罪人，我们复仇的对象。

老天会指引你的笔，书写你的悲伤，

我们便知那畜牲是谁，和事情的真相！

她口中执杖，用残肢引杖写字

泰特斯 哦，我的大人，你认识吗，她写的是什么？

"奸，艾戎兄弟。"

玛克斯 什么？什么？是鞑魔拉的两个孽障，

制造了这起血腥残害，不赦之殃？

泰特斯 上天的伟大统帅啊，

---

1 莎士比亚戏剧《鲁克丽丝受辱记》（*The Rape of Lucrece*）中塔昆（Tarquin）奸淫了鲁克丽丝
  后逃跑。——译者附注
2 前三位神明分别掌管真理、法律、惩治罪恶，墨丘利（Mercury）是朱庇特的信使，负责传
  达信息。

	你现在才知道这罪恶吗？你现在才目睹这一切吗？[1]
玛克斯	哦，你要冷静，仁慈的大人，

玛克斯　哦，你要冷静，仁慈的大人，
　　　　我知道这写在地上的真相，
　　　　足以让最温柔的想法狂风滚浪，
　　　　足以让婴儿的头脑生出抗议的思想。
　　　　我的大人，和我同跪；拉维妮娅，跪下；
　　　　孩子，你也跪下，你是罗马赫克托耳[2]的希望。(他们跪地)
　　　　和我一起发誓——
　　　　就像当年鲁克丽丝遭受奸污后，
　　　　尤尼乌斯·布鲁图[3]大人，
　　　　与那贞洁受辱夫人的丈夫和父亲一起，发誓报仇一样——
　　　　我们将采取最成熟睿智之法
　　　　找谋逆的哥特人报仇泄恨，或见敌血，或屈辱自亡。

　　　　(他们起身)

泰特斯　若知如何施行，这是自然。
　　　　但要收拾这熊崽子，定要防范：
　　　　母熊一旦清醒，摸到你的意图，
　　　　她与那狮子[4]可是亲密盟友，互绕互缠，
　　　　她用仰卧媚术可把狮子催眠，
　　　　当狮子沉睡，母熊便可恣意横行，为所欲为。

1　"上天的……这一切吗？"出自塞内加（Seneca）的《希波吕托斯》（Hippolytus），原文为拉
　　丁语。
2　赫克托耳（Hector）是特洛伊战争中最伟大的勇士之一，所以卢修斯被誉为罗马的赫克托耳，
　　其子小卢修斯便成了罗马的希望。
3　尤尼乌斯·布鲁图（Junius Brutus）：领导罗马人民驱逐塔昆家族出境，缔造了罗马共和国。
　　——译者附注
4　狮子：指皇帝萨特尼纳斯。

玛克斯，作为猎人，你还不够老练；

快快过来，莫要插手，徒惹麻烦。

这几个字，我要刻在这片黄铜上面，好生收藏。

狂怒的北风会将这沙土吹散，

就像西彼尔[1]的树叶一样，那时这些字又将沙落何方？

你说什么，孩子？

小卢修斯　　我说，爷爷，如果我成了男子汉，

这等罗马枷锁之下的恶奴啊，

即便躲进那狗娘的寝殿，我也绝不让他就此安然。

玛克斯　　对啊，这才是我的孩子。为了这个忘恩负义的国家，

你的父亲也常常如此。

小卢修斯　　叔爷，我若生，生当如此。

泰特斯　　来吧，和我同去我的兵器库。

卢修斯，我这就为你武装。还有，

皇后的儿子们，我有礼物相与，

你要将它们替我捎去。

来，来，做我的信差，你是否愿意？

小卢修斯　　嗯，爷爷，我要用剑刺穿他们的胸膛。

泰特斯　　不，孩子，咱不这样——我要教你另外招法。

过来，拉维妮娅；玛克斯，好生看家；

卢修斯和我将去宫里一展身手。

是的，以马利亚之名，大家就拭目以待吧。

众人下。玛克斯留场

玛克斯　　哦，老天啊，你是否听见了好人的呻吟，

1　西彼尔（Sibyl）：库迈（Cumae）的女预言家，传说她的预言都写在树叶上，人们还没有来得及读到，预言就被风吹跑了。

难道你竟没有半点慈悲，抑或怜悯？
玛克斯，在他疯狂之际，你要照顾他，
他的心早已愁绪满状，累累伤疤，
远胜盾牌上敌人的道道刺痕，
他不但没有复仇，竟还那么守法。
老天啊，复仇吧！为老安德洛尼克斯复仇吧！ 下

第二场 / 第七景

罗马（具体地点不明）

阿戎、艾戎与德魔瑞乌斯从一门上，小卢修斯与另一名侍从执一捆上写诗行的武器自另一门上

艾戎	德魔瑞乌斯，这是卢修斯的儿子；
	他来给我们传信。
阿戎	哦，不过是他那个疯爷爷的疯言疯语罢了。
小卢修斯	尊贵的大人，以无尽的谦逊，
	我带来了安德洛尼克斯对您的问候。——
	（旁白）我祈求罗马众神灭掉你们两个。
德魔瑞乌斯	非常感谢，可爱的卢修斯。什么消息呀？
小卢修斯	（旁白）你们两个奸淫强暴的嘴脸已被揭穿，这便是那消息。
	（对他们）我的爷爷经过一番深思熟虑，
	遣我带上库里顶尖的精良武器，
	献给你们二位高贵的青年，

希望两位大人欢心笑纳。

祖父还有叮嘱，说你们是罗马未来所系，

故而我今前来替他献礼。

二位大人可随时披装上甲，

以应不时之需。（侍从呈上武器）

（旁白）我就此退下——这一对该千刀万剐的混蛋。

小卢修斯与侍从下

德魔瑞乌斯　这是什么？一个卷轴，上面写什么了？

让我们来看看吧：

（念）"正直无罪之士

无须摩尔人的标枪或弓箭[1]。"

艾戎　哦，我知道，这是贺拉斯的诗：

我早就在学校课本上读过。

阿戎　对，没错：贺拉斯的诗句，没错，你说对了。——

（旁白）唉，笨驴都是这个样！

这可绝非善意的玩笑！老东西定对他俩的罪行有所察觉，

才送来这兵器，还夹带着诗行，

诗行字字打心，一语中的，

而两个笨蛋却一无所知，毫无防备。

若是我们那聪明的皇后知晓此事，

定会称赞安德洛尼克斯的奇思妙想。

且让待产的皇后先得片刻休息吧。——

（对艾戎与德魔瑞乌斯）二位哥儿，若非幸运星指引，

被带至罗马的我们，

这外乡人，不，确切地说，外乡俘虏，岂能受如此高遇？

1　原文是拉丁语，源自贺拉斯（Horace）的《颂歌》（*Odes*）。

	更让人深感快意的是，在宫殿大门前，
	当着他兄长的面，我竟能公然对抗保民官。
德魔瑞乌斯	再看到如此达人显贵，
	竟卑贱到进宫献礼，我便更觉欣慰。
阿戎	这礼是平白无故的吗，德魔瑞乌斯公子？
	你难道没有友好地款待过他的闺女？
德魔瑞乌斯	我宁愿有一千个罗马女人落到我们手里，
	轮个儿地侍奉，直至我们满心惬意。
艾戎	真真儿是仁善慷慨，满怀揣爱。
阿戎	就剩你们的娘再补一句"阿门"。
艾戎	她还希望再多来两万个女人呐。
德魔瑞乌斯	好，让我们走吧；为了忍受分娩之痛的妈妈，
	我们去向众神明祈福吧。
阿戎	（旁白？）还是向魔鬼祈福吧：神明们早就嫌弃我们了。

喇叭奏花腔

德魔瑞乌斯	何故现在皇帝的号乐起？
艾戎	许是庆贺皇帝新得皇子吧。
德魔瑞乌斯	小声点儿，谁来了？

保姆怀抱一黑肤摩尔婴儿上，孩子藏在她臂弯中

保姆	早上好，各位大人。
	哦，请告诉我，谁见摩尔人阿戎了？
阿戎	哦，摩尔人也好，非摩尔人也罢，他素来皮肤黝黑。
	我是阿戎，找阿戎何干？
保姆	哦，仁慈的阿戎，我们都要倒霉啦。
	快想办法啊，否则就大祸临头啦！
阿戎	怎么了，你鬼哭狼嚎什么！
	你怀里那包着的是个什么东西？

保姆	哦，若能躲过老天慧眼，我宁可将之雪藏。
	这是皇后的丢脸事，更是全罗马的奇耻大辱！
	她被送走了，大人们啊，她被送走了。
阿戎	送给谁？
保姆	我是说，她在床上生孩子了。[1]
阿戎	好啊，愿神明保佑她好生休息！老天赐了她什么？
保姆	一个魔鬼。
阿戎	啊？那她不就当了魔鬼的娘：真让人快意。
保姆	是失意。这玩意儿带来了悲哀、黑暗和忧郁；
	瞧瞧吧，我们罗马妈妈素来肤色白皙，
	他却黑不溜秋，像癞蛤蟆一样遭人厌弃。
	皇后要把它送你，这是你干的好事，你的印迹，
	请你用你的剑尖给他洗礼。
阿戎	滚，你个臭婊子！黑色皮肤有那么下贱吗？——
	（对孩子）可心的小胖脸儿，没错儿，你是最美的蓓蕾。
德魔瑞乌斯	混蛋，你干了什么呀？
阿戎	干了你们无法收回之事。
艾戎	你毁了我们的妈妈。
阿戎	混蛋，我就是干了你们的娘啊。
德魔瑞乌斯	正是如此，你这败家之犬，你毁掉了一切。
	唉，她真倒霉，瞧她做的这种丢人现眼的选择，
	还弄出这么个脏玩意儿，真该死！
艾戎	不能让他活。
阿戎	不能让他死。

1 "她被送走了……她在床上生孩子了"：原文中保姆用的是 deliver，该词常有"分娩"和"递送"两个意思，此处保姆意为"皇后生孩子了"，而阿戎理解为"皇后被送走了"。——译者附注

保姆	阿戎，他必须死：他母亲希望如此。
阿戎	什么，保姆，必须如此？那就谁也别动，
	让我亲手杀死我的骨肉吧。
德魔瑞乌斯	让我把这只蝌蚪挑在剑尖儿上吧。
	保姆，把他给我：我的剑定让他一会儿就了结。
阿戎	半会儿我就挑了你的肠肠肚肚。（拔剑并抱过孩子）
	别动，该死的混蛋！是要杀死你弟弟吗？
	我现在对着苍天的熊熊燃烛起誓——
	这光耀眼闪亮，正如孕育此婴孩之时；
	谁人若敢触碰我的亲儿长子，
	我让他立马在这弯刀尖儿上送死。
	告诉你们吧，年轻人，
	即便是恩刻拉多斯[1]率同威慑天下的堤丰[2]家族，
	抑或大力神赫剌克勒斯，抑或战神玛尔斯[3]，
	都甭想把我儿，我这猎物从他父亲手中夺走。
	什么，什么，你们这些家伙虽面赤却如此凉情薄义！
	你们这冰冷的白墙，你们这苦寒寡情的戳记！
	炭的黑远胜任何颜色，
	源于它对别色不屑一顾，黑得纯粹；
	即便倾苍茫大海之力，
	用尽所有海水，
	都不能洗白天鹅的黑腿，

1　恩刻拉多斯（Enceladus）：反叛奥林波斯众神的巨人之一。

2　堤丰（Typhon）:象征风暴的巨人。该词在希腊语中意为"暴风"或"冒烟者"。堤丰子息众多，
　　都是希腊神话中的著名魔怪。——译者附注

3　原文为 god of war，古罗马神话中的战神为玛尔斯（Mars），为音韵协调作此译。——译者
　　附注

纵然她们将腿时时浸在海里。

替我告诉皇后，我的年龄也该膝下有子，

如何开脱，她要全凭自己。

德魔瑞乌斯 你这是要背叛你高贵的情人吗？

阿戎 情人是情人，这孩子却是我自个儿的，

他代表我年轻的活力和模样；

我爱他，远胜世间的一切，

为保护他，我不惜牺牲整个世界，

甚至你们，不免要在罗马受到牵连。

德魔瑞乌斯 这将使我的妈妈永受耻辱。

艾戎 如此不齿之事，她会遭受全罗马的鄙夷唾弃。

保姆 盛怒之下的皇帝也定要了她的命。

艾戎 一想到如此耻辱，我就面红耳赤。

阿戎 是吗，这可是你们美之所在啊，白人独尊的优势。

呸！这不忠的颜色，竟用脸颊绯红背叛于你，

泄露你心中的一切诡秘。

看吧，这小伙子却由另一肤色所造；

看这黑色的小奴对着亲爹泯然微笑，

好像在说："老东西，我是你的。"

二位公子，他可是你们的弟弟，

你们都由相同的血脉供养，

你们都在同一子宫中孕育，同一囚笼中呼吸，

现在他终得解放，终见天光。

不，他就是你们同母的弟弟，

只不过他的脸上打上了我的印记。

保姆 阿戎，我该如何向皇后回话呢？

德魔瑞乌斯 快想想，阿戎，如何是好，

	我们都听你的意见。
	救这孩子，可以；但要确保大家无虞。
阿戎	那我们就坐下商量吧。
	我的儿子和我要坐在占上风的有利位置，
	你们都原地别动，现在可随意说说你们的安全问题。
	（他们坐下）
德魔瑞乌斯	（对保姆）有几个女人见过他这孩子？
阿戎	哦，这样，勇敢的二位公子，三人协盟时，
	阿戎是羔羊一只：但如若你等将我这摩尔人惹怒，
	愤怒的野猪，山中的母狮，
	甚至汹涌的大海都不及阿戎的狂风暴雨。——
	（对保姆）再说一遍，多少人见过这孩子？
保姆	接生婆科尼莉亚和我，
	还有皇后自己，再无旁人。
阿戎	皇后、接生婆和你，
	第三个一消失，其余二人可严守秘密。
	去见皇后，就说我这样说。（他刺杀她）
	啊什么啊！叫得就像要上烤叉的猪。（他们全部站起）
德魔瑞乌斯	阿戎，你究竟何意？为何这样做？
阿戎	哦，两位公子啊，这实为眼下权宜之计：
	难道要留这长舌妇四处宣扬我们的秘密？
	不，公子们，万万不可：
	现在就告诉你们我的用意。
	离此不远，我有同乡，名叫牟利；
	他老婆昨晚刚生孩子，
	那孩子随妈，皮肤像你们一样白皙。
	去吧，去找他商量，

给当妈的一些金子，
告诉他们实情——
他们的孩子将作为皇室子孙，坐享无上尊贵，
而我的孩子也可安然脱离，
宫里的这场暴风雨就此便可平息，
让皇帝好好颠动疼爱，将他当做亲生儿子。
你们听着，公子们，看我现已解除了她这一心头病患，
你们可得处理好她的后事。
附近有田有地，你俩年轻体壮，当不费吹灰之力。
事情作罢，不要耽搁，
立马把接生婆给我弄来。
将接生婆和保姆都收拾出去，
就让妇人们说长论短，随心所欲吧。

艾戎　阿戎，我觉得你有秘密时，
就连空气都要怀疑，唯恐透露丝毫消息。

德魔瑞乌斯　感谢你对辔魔拉的关照，
她本人和亲人都与你休戚与共。

德魔瑞乌斯与艾戎带着尸体下

阿戎　我这就去哥特，定要迅捷如燕，
将我怀中至宝在那里好生安养，
并偷偷地拜会皇后的那帮朋友。
来吧，你这个厚嘴唇的小奴，
我会将你养育成人。
是你，让我们不得不采取这权宜之计。
我会用浆果根茎、凝酪乳清、新鲜羊奶喂你，
和你住在洞穴，养你长大成人，
让你成为一名勇士，统率军营。　　　　　下

第三场 / 第八景

罗马（皇宫外）

泰特斯、老玛克斯、小卢修斯及帕布留斯、辛普罗涅斯、凯尤斯执弓上，泰特斯拿着箭，箭尾穿信

泰特斯 来呀，玛克斯，来呀，亲戚们，到这边来啊，

小大人，让我见识一下你的箭术如何。

把弓拉满，再射出去，便可一箭中的。

记着：正义女神阿斯特莱雅已不在人间[1]。

玛克斯，她真走了，她已逃离。——先生们，抄起家伙。

侄儿们啊，去测海洋之深，

张开你们的网，搜遍海洋之广；

期愿在海里，你们能找到她，

但海里和陆地一样，没有正义，不得伸张。

不，帕布留斯、辛普罗涅斯，应该你们去，

用你们的锄头和铁锹去挖吧，

径直挖到大地最中心的地方。

而后，当你挖到冥王的领地，

请帮我把这一纸诉状传达于他。

告诉他，为秉承正义，求他帮忙，

那年迈的安德洛尼克斯，

正在忘恩负义的罗马心颤肝抖，悲愁交加。——

啊，罗马！哦，哦，是我让你惨不欲生，

---

1 原文为拉丁语，源自奥维德的《变形记》。

是我唆使人民选此暴君，
而我，也饱受他的暴虐无道，铁牙利爪。——
去吧，你们都去吧，都小心地去吧，
每条战船均需一一核查。
或许这邪恶的皇帝已把正义女神运往他乡，
亲戚们，那么我们可就完全没有正义可讲。

玛克斯　哦，帕布留斯，你那高贵的叔叔已疯癫至此，
着实叫人惨不忍睹。

帕布留斯　所以啊，大人们，我们更要尽心备至，
日夜小心呵护着他，
尽己所能，友爱地迁就着他，
望时间流逝能给他一丝安慰，一缕舒弛。

玛克斯　亲戚们，愁情苦态做解药已然过时，
让我们寄希望于卢修斯，
加入哥特人的行列，以复仇战争报复罗马的不义不仁，
好好教训萨特尼纳斯这个叛贼。

泰特斯　帕布留斯，怎样了？现在怎样了，我的大人们？
你们找到她了吗？

帕布留斯　还没，尊贵的大人，但冥王普路同对您有话讲，
若想从地狱请复仇女神，您尽可随意。
而正义女神却日理万机，
他说她可能和朱庇特在天堂或其他什么地方，
因此要找她，你还需等些时光。

泰特斯　如此延搁，着实于我不正不公。
我就跳下这熊熊的地狱火河，
拽着脚跟，把她生生拖将出来。
玛克斯，我们原本灌木，并非雪松，

更不具库克洛普斯[1]的虎背熊腰，

然而，玛克斯，我们却有铮铮铁骨，金刚脊梁。

这桩桩不义之举，令人不堪重负。

无论人间地狱，正义无存，

我们乞求苍天，我们感动众神，

快派正义下凡，为我们报仇雪冤。

来吧，回到这事上。玛克斯，你确是一名良箭手。

（他给他们箭）

"致朱庇特"，这给你；"致阿波罗"，这给你；

"致迈阿斯"，要留给我自己：

喏，孩子，这给帕拉斯；这给墨丘利；

给萨杜恩，凯尤斯，不要给萨特尼纳斯，

求他好比逆风射箭，无济于事。

射吧，孩子！玛克斯，令行放箭。

我的文字已写得一目了然；

全部神灵都一一恳求，无一落单。

玛克斯　　亲戚们，将箭都射进宫里；

我们需挫挫皇帝的傲气。

泰特斯　　现在，大人们，放箭。（他们拔箭射出）

哦，卢修斯，干得棒。

好孩子，一箭就射进处女怀[2]。把"帕拉斯[3]"也射出去。

玛克斯　　我的大人，我已瞄准逾月亮一英里之地，

1　库克洛普斯（Cyclops）是荷马史诗（Homer's Epic）《奥德赛》（Odysseus）中描写的独眼巨
人。——译者附注

2　处女座（Virgo）与正义女神阿斯特莱雅（Astraea）相关。这里有性的暗示意味。

3　帕拉斯（Pallas）：指帕拉斯·雅典娜（Pallas Athene），与贞操相关。

你的信借此便可到达朱庇特。

泰特斯　　哈，哈！

帕布留斯，帕布留斯，你做了什么？

看啊，看啊，金牛星的角被你射掉。

玛克斯　　这便是了，我的大人。帕布留斯所射之箭擦过金牛，

暴怒的牛儿回击白羊，

如此，羊角跌落进皇帝的宫墙，

除了那侍候皇后的混蛋呵，还有谁能找得着？！

皇后笑着说，摩尔人，你不该拿着这羊角绿帽，

而应当将此礼敬献主人。

泰特斯　　嗨，去吧；愿神明赋予尊王欢乐！

小丑提一篮上场，篮中有两只鸽子

消息，天堂来了消息！玛克斯，信差来了。——

小子，什么消息？有信吗？

我能获得正义吗？木星神怎样讲？

小丑　　　哦？行刑人[1]吗？他说他又拆了绞架，因为要下周才可行刑。

泰特斯　　我问你的是，木星神朱庇特怎样说？

小丑　　　唉，先生，我不知朱庇特是何人；我这一辈子都从未跟他
喝过酒啊。

泰特斯　　啊？混蛋，你不是送信之人吗？

小丑　　　唉，送鸽子的，先生，别的可不管啊。

泰特斯　　什么，你不是来自天堂吗？

小丑　　　天堂？唉，这位先生啊，我可从来没去过那里啊：我还太年
轻太莽撞，神明他老人家横拦竖挡，就是不让，叫我别急

1　原文系谐音双关（gibbet-maker 与 Jupiter 谐音），因此翻译尽量在语音上让二者容易混淆，
"木星神"易误听为"行刑人"。——译者附注

着上天堂；现在，我急着要带鸽子去平民法庭啊！事情是
这样的：我叔叔和皇宫的一个侍卫吵了架，还等着我去为
他说和说和呐。

玛克斯　　（对泰特斯）嗨，先生啊，这绝佳机会，正好代您陈情抒
愿，就说他奉你之命把鸽子献给皇帝，送进宫殿。

泰特斯　　告诉我，你能否恭敬地向皇帝转达一份请愿书?

小丑　　　不成啊，先生，真的，恭敬之话我这辈子都不会讲啊。

泰特斯　　小子，过来；别再紧张兮兮的，
直接把鸽子献给皇帝就成啦。
因为我，皇帝会给你正义的。
等等，等等，——这是给你的钱。
上笔墨。（写）
小子，你能恭敬地呈递一份请愿书吗?

小丑　　　行，先生。

泰特斯　　那此份请愿书老夫便交予你吧!（递过信）在你觐见皇帝时，
一靠近就要跪下，行吻脚礼，而后敬献鸽子，静候皇帝赏
赐。我就在你附近，先生：尽情地表现吧。

小丑　　　大人，我向您保证，包在我身上。

泰特斯　　小子，你有刀子吗? 来，让我看看。——
来，玛克斯，把它夹在请愿书里。——
（对小丑）你要作卑顺的哀求者状，将它拿出 [1]。

1　本句原文是 For thou must take it like an humble suppliant，不同的译本对比理解亦有偏差。
梁实秋先生认为此话系泰特斯对玛克斯所讲，陈情书亦为玛克斯所写，因此梁先生的译文为
"玛克斯，把这小刀裹在陈情书里；因为你已经把这封陈情书写得过分恭顺了"。他在注释中
提到 it 可能指刀，亦可指陈情书。详见梁译本。朱生豪先生的译本中未见此句翻译。笔者认
为，泰特斯吩咐人"上纸笔"，并有"写"的剧本演出说明，此陈情书实为泰特斯所写，又
For thou... 一句后的剧本演出说明是"对小丑"，因此作现译。

当你把它给了皇帝，

来敲我的门，告诉我他说了什么话。

小丑　　　　愿神保佑您，先生。我会的。　　　　　　　　　　下

泰特斯　　　来，玛克斯，让我们走吧。——帕布留斯，跟着我。

众人下

第四场　　/　　景同前

皇帝、皇后与她的两个儿子及众侍从上。皇帝手执泰特斯射给他的箭

萨特尼纳斯　　呀呀！诸位贵族，

这尽是些什么胡言乱语，叫屈喊冤？

哪位罗马皇帝如我一般，

徒受胁迫叨扰，主持正义还遭对抗，

要面对这不敬之事桩桩件件？

列位大人啊，无论你们还是无所不能的众神，

都该明了，不管和平的破坏者们，

如何在我们人民耳边嗡嗡作响，兴风起浪，

对于老安德洛尼克斯罪儿的处置合法合理，顺地循天。

如若他的心智已完全浸透悲伤，

我们是否也要遭受他的污蔑报复、狂暴怨怒？

我们是否还要忍受这怨恨折磨与无尽痛苦？

现在他给天堂写信，乞求还他公正。

看啊，这个"致墨丘利"，这个"致朱庇特"，

这个"致迈阿斯",这个"致阿波罗"。
这美妙的书卷在罗马的大街小巷飞扬四散!
这难道不是在四处传扬我们缺失正义,
这难道不是对元老院纯粹地诽谤恶言?
好一番气派的奇思妙想!我的诸位大人,不是么?
仿佛有人在说,罗马背信弃义,毫无公道可谈。
但只要朕存活一天,绝不纵他装疯卖傻,
以此蛊惑民心,泄恨天下。
我定要让他们这伙人知道
只要萨特尼纳斯昌隆,正义就当永存。
若正义女神打盹儿,萨特尼纳斯也会将她叫醒,
震怒的女神定会劈砍那傲慢的贼子叛臣。

鞑魔拉   我最仁慈的主人,最亲爱的萨特尼纳斯,
我生命的主宰,我思想的统帅,
请您冷静下来,容忍老泰特斯的种种罪行。
他失去了无畏的儿子们,
此痛深深刺戳他的心灵,这失子疤痕难以抚平;
我们与其处治这不敬行为的小喽啰和大人们,
不如多多安慰泰特斯,他正挣扎于悲情苦境。
(旁白)唉,左右逢源上下打点可是我鞑魔拉的拿手好戏。
但泰特斯,我已点到你的命门,
很快,你的生命之血就耗光殆尽;
若阿戎现在足够聪明,
我们的船便安然进港,一切归于风平浪静。——

小丑上

怎么了,伙计,是要和我们说话吗?

小丑   是啊,说真的,若您就是皇帝陛下。

鞑魔拉	本后在此，端坐那边的是皇帝陛下。
小丑	他就是。神明和圣司提反[1]问您下午安。我给您带来一封信，还有这几只鸽子。

萨特尼纳斯读信

萨特尼纳斯	下去，把他带下去，即刻绞死。
小丑	我将会得到多少赏钱呢？
鞑魔拉	来吧，小子，你将会被绞死。
小丑	绞死？我的女神啊，我向皇上引吭诉求，竟得如此结局。

被押送下

萨特尼纳斯　不恭不敬，不忠不义，真叫人忍无可忍！
我还需要继续经受如此百拙千丑，邪行罪恶吗？
我知道这伎俩打哪儿来。
如果我对他那对逆子的处决是错的，
如果他们没有杀死我们的弟弟，
如果我不该依法处死他们，
这一切的一切，尽管来吧。
去，抓着头发把他揪过来；
管他什么年龄、什么荣耀，都不能放过他。
竟敢如此傲慢地嘲弄我，我便做了你的刽子手，
狡猾的疯子、混蛋，你扶我上位，原是为控制罗马和我。

信差伊米力斯上场

伊米力斯，什么消息？

伊米力斯　准备战斗啊，我的大人们！罗马前所未有的大麻烦：
哥特人已集结部队，这支武装
怀不拔之志，成笔扫千军之势，

1　圣司提反（Saint Stephen），基督教第一个殉教士。——译者附注

正全速向我进发，

军队首领是卢修斯，老安德洛尼克斯之子。

他扬言要复仇雪耻，

像曾经的科利奥兰纳斯[1]一样。

萨特尼纳斯　尚武的卢修斯做了哥特人首领了吗？

这消息如同晴空霹雳，令我垂头丧气，

又如花逢霜打，草遭暴雨。

唉，现在烦恼悲痛一股脑儿迎面扑来。

此人深获民众爱戴。

当我微服出访之时，

我也经常亲耳听说，

放逐之判对卢修斯不公，

他们甚至希望选他为皇。

鞑魔拉　您为何要惧他？我们的城池不够坚固吗？

萨特尼纳斯　是啊，但民众更青睐卢修斯，

他们定会背弃我，倒戈而拥护他。

鞑魔拉　我的大王，请让您的想法一如名号，至尊无上。

略飞虫蠓，太阳怎会黯然无光？

雄鹰敢纵百鸟儿歌唱，

不必劳心费力晓其用意，

因它深知，自身羽翼雄健宏大，

何时要停止这旋律嘈杂，全凭由一己所想；

皇上可用此法，应对罗马民众之多变轻狂。

振作起来吧，陛下，想必您有所知晓，

1　科利奥兰纳斯（Coriolanus）是罗马的战争英雄，被罗马流放，和他之前的部队会合，率军
　　复仇。

我会用更美丽邪恶的语言迷惑老安德洛尼克斯，

它们也远胜那钓鱼之饵，羊之美食[1]，

最终他或为鱼饵所伤，

或为美食命丧。

萨特尼纳斯 但他也绝不会为我们去求儿子啊。

塔魔拉 假若塔魔拉亲自求他，他定帮忙，

只因我会拿金口良言好生侍候他的耳朵，

尽管他已年老耳聋，尽管他可能铁石心肠，

无论他的耳朵还是心灵，

都无法逃脱我巧舌如簧。

（对伊米力斯）你作为我们的特使去吧；

就说皇帝要与好战的卢修斯

好好谈谈，和平协商，

他父亲老安德洛尼克斯家便是会场。

萨特尼纳斯 伊米力斯，光荣地去传达讯息吧：

若他出于安全考虑，坚持要求人质，

准许他提出最满意的担保对象。

伊米力斯 定倾心尽力执行皇命。 下

塔魔拉 我现在就去见老安德洛尼克斯，

在他身上使出我的浑身解数，

以便将狂傲的卢修斯从好战的哥特人中拔除，

现在，亲爱的陛下，您又可高枕无忧，

您所有的恐惧都会消失，待看我的精明部署。

萨特尼纳斯 那就快快去吧，去求他。 同下

---

1 "美食"在这里指三叶草（Clover），羊食用过多会导致胀肚而死。朱生豪先生的译本中作
"苜蓿"。

第 五 幕

第一场 / 第九景

罗马附近某地

喇叭奏花腔。鼓号声中，卢修斯率一队哥特兵士上

卢修斯　　　久经考验的勇士们，披肝沥胆的朋友们，

　　　　　　　我收到了来自伟大罗马的信件，

　　　　　　　信中痛陈对罗马皇的愤恨怨怼，

　　　　　　　信中也传达对我们的满心渴盼。

　　　　　　　伟大的贵族们，一如各自尊衔，

　　　　　　　你们昔日遭受的不义之遇，

　　　　　　　无需隐忍，不必客气，

　　　　　　　曾受的罗马之伤，均可让他三倍血偿。

哥特兵士甲　勇敢的人啊，承袭了伟大的安德洛尼克斯，

　　　　　　　那令人闻风丧胆的名号呵，而今却叫人定心安神，

　　　　　　　他的英勇壮举，他的赫赫战功，

　　　　　　　在背信弃义的罗马竟遭胎刳夭焚。

　　　　　　　请相信我们，我们愿追随您的指引，

　　　　　　　宛如三伏天里蜇刺的蜜蜂，

　　　　　　　只待蜂王[1]一声令下，群扑花海，

　　　　　　　报复该死的鞑魔拉，这十恶不赦的女魔头。

众哥特兵士　如他所说，众志成城。

1　在莎士比亚的时代，蜂王被认为是雄蜂。

卢修斯　　　我衷心地感谢他，感谢大家。

　　　　　　　这位哥特壮士领过来了何人？

一哥特兵士领着抱孩子的阿戎上

哥特兵士乙　声望远播的卢修斯，

　　　　　　　我钟情于一座损毁的寺院，

　　　　　　　遂与大队人马离散。

　　　　　　　正当我出神地凝望残壁断垣，

　　　　　　　骤然，墙下传来孩子的哭喊。

　　　　　　　我循声而去，听见让孩子息声之言：

　　　　　　　"安静啊，你这个小黑奴，一半是我，一半是你娘！

　　　　　　　倘不是肤色让你暴露身世，

　　　　　　　假如你生就娘的模样，

　　　　　　　小东西，你很有狗命做个皇帝。

　　　　　　　乳白色的公牛和母牛成群结队，

　　　　　　　却绝无可能生下牛犊，通体炭黑。

　　　　　　　悄声，小混蛋，安静！"——

　　　　　　　而后他又这样责备孩子——

　　　　　　　"我必须把你交给个可托付的哥特人，

　　　　　　　当他得知你是皇后之子，

　　　　　　　看你妈妈几分颜面，定也善待于你。"

　　　　　　　听闻这些，我拔剑冲向他，

　　　　　　　攻其不备；现将他带来，

　　　　　　　请您全权处置。

卢修斯　　　哦，可敬的哥特人啊，

　　　　　　　这就是砍掉安德洛尼克斯之手的人面魔头，

　　　　　　　这就是令你们女王欢眉喜目的可心珍珠 [1]，
　　　　　　　这便是他欲望热浪炙烤出的下胚贱犊。——
　　　　　　　（对阿戎）说吧，瞪眼奴，
　　　　　　　你要把你这丑恶嘴脸的翻版送向何处？
　　　　　　　为何不说话？怎么，你聋了吗？一言不发？
　　　　　　　拿绳来！将士们，把他捆到这树上，
　　　　　　　把这狗娘养的也吊他身旁。

阿戎　　　别碰这孩子，他可有皇室血统。

卢修斯　　与他爹一模一样，永无善良可讲。
　　　　　　　先绞死这崽子，让阿戎看他如何垂死挣扎，
　　　　　　　这画面可让任何一位父亲寸断肝肠。
　　　　　　　给我个梯子。（抬出一梯子，阿戎被迫爬梯）

阿戎　　　卢修斯，救救孩子，（一哥特兵士抱过孩子）
　　　　　　　替我把他交给皇后。
　　　　　　　若你能这样做，我将说出许多令你惊叹之事，
　　　　　　　想必对你也大有裨益。
　　　　　　　若你不愿这样做，无论发生什么，
　　　　　　　我都缄默不语，只一句"复仇让你们销声灭迹"。

卢修斯　　接着说，若你能说得我心满意足，
　　　　　　　这孩子或可活命，我看着他长大。

阿戎　　　如果让你满意？唉，卢修斯，我敢打包票，
　　　　　　　我所说之言定会折磨你的灵魂，
　　　　　　　因我必然说到谋杀、强奸、大屠杀，
　　　　　　　魆黑夜的丑行件件，罪事桩桩，

1　珍珠：出自谚语 a black man is a pearl in a fair woman's eye（一个黑人男子是一个白人女子眼中的珍珠）。

邪恶的插圈弄套，狡黠的同谋叛道；

听来不免扼腕伤情，做来叫人怜起悲兴。

这一切都将随我而葬，

除非你发誓，可保我儿安然无恙。

卢修斯　　将心思告诉我，我会让这孩子活下去。

阿戎　　　须发誓让他活下去，我方可开始。

卢修斯　　那我可向何人发誓？你不信神，

又怎么会相信一句誓言？

阿戎　　　我不信神有关系吗？——的确如此，我就是不信——

但你们虔诚信教，这我知道；

你们内怀一物，名曰良心。

你们还有二十个骗人的把戏仪式，

我也曾见你们奉之为上，小心翼翼；

故而我要你发誓，只因我晓得

一个傻瓜会将手杖奉为神明，

对之所发誓言竟也能信守如令，

我就是要他这样起誓。

无论那是何方神明，

不论你喜欢抑或崇敬，你要对他起誓，

定放过我儿，将他养育成人，

否则我一个字也不告诉你们。

卢修斯　　面对我的神明发誓，我会的。

阿戎　　　第一，你要知道他是我种在皇后地里的娃。

卢修斯　　哦，这个苍蝇见血的荡妇！

阿戎　　　嘘，卢修斯，跟后边要告诉你的相比，

这实在是件仁慈之事。

她的两个儿子杀死了巴西安纳斯，

他们强暴了你的妹妹，将她割舌去手，
摆弄成你所见的样子。

卢修斯　哦，这帮恶棍！你把那个叫做摆弄吗？

阿戎　是啊，为什么不？他们把她洗洗切切、砍砍剁剁，
做这样的事情，于他们而言，是再好不过。

卢修斯　哦，畜牲！野蛮的恶棍，跟你一样！

阿戎　事实上，这桩桩件件无一不经过我的指点。
他们有着皇后的荡性，
这点像是扳局之牌，已然命中注定；
至于那些血腥想法，我想，他们定是学我所得，
其勇气可嘉，就像逗赛[1]中直扑脑门的狗[2]。
唉，还是让我所做之事来见证我的价值吧。
巴西安纳斯已提前陈尸陷阱，
我诱惑你的兄弟们失足落坑；
我还亲自写了你父所捡之信，
并藏好了信中所提到的黄金。
我与皇后和她的儿子们谋同：
统统的这些让你憎恶之事，
哪一点能少得了我的参与？
我还骗得了你父亲之手，
拿到之时，我跑到一旁，
心在五内笑得腾跃欢荡。

1　逗赛（Bear baiting, bull baiting）：12世纪出现的娱乐活动，在伊丽莎白时代极为流行。逗熊和逗牛在16世纪得到皇家庇护。详见张泗洋《莎士比亚大辞典》"逗赛"词条。——译者附注

2　在逗赛中，将牛或熊用绳索锁住，纵狗与之相斗，而直扑脑门的狗往往受到嘉奖。

从墙缝，我偷偷朝里望，

他的手仅换回一对儿子的头颅。

看到他的泪，我心花怒放，

双眼亦喜极而泣，一如他一样。

我把这场游戏讲给皇后，

听罢，她乐极而晕，神怡心旷，

为此消息她狂吻我二十下。

一哥特兵士　什么，你说这些竟然一点都不害臊？

阿戎　啊，就如俗语所说，黑狗不脸红。

卢修斯　这令人发指的恶事件件，你竟也不觉遗憾愧歉？

阿戎　唉，遗憾我尚未多做一千件。

直到现在我还在诅咒那无恶可作的时日——

但是我想——

如此时光几乎到不了我诅咒的范围——

比如杀人或谋划杀人，

强暴少女或谋划奸淫，

怪罪无辜或自毁誓言，

搬弄是非令朋友反目相残，

让穷人的牛断颈而死，

夜晚让谷仓草垛起火尽燃，

看主人们纵泪浇火，愁态满面。

我还常常把死人从墓中挖出，

将尸体直立亲朋密友的门前，

即便他们已然淡忘了哀伤，

我也会在死尸皮肤之上，

就像在树皮上一样，

用刀刻下罗马文字一行，

"纵然吾已逝，汝哀永不亡。"
嘘，我已做了坏事一千桩，
我乐在其中，就如拍死只苍蝇一样，
的确除了遗恨不能再做万件，
绝无他事可令我抱憾悲伤。

卢修斯　　把这个恶魔放下来，
就这样舒舒服服地绞死，算是便宜他了。（阿戎被迫爬下来）

阿戎　　假若真有恶魔，我愿做那恶魔。
在不灭之火中燃烧，永生，
即便在地狱，有你来伴我，
用我的伶牙俐齿将你生生折磨。

卢修斯　　兄弟们，让他闭嘴，别再讲话。（阿戎的嘴被塞住）
伊米力斯上

一哥特兵士　　我的主人，有个从罗马来的信差
恳求见您。

卢修斯　　让他过来。
欢迎，伊米力斯，你从罗马带来什么消息？

伊米力斯　　卢修斯阁下，诸位哥特王子，
罗马皇帝差我转达他的问候，
他得知您枕戈待战，
要求在您父亲府上和谈，
您可要求任何人质，
皇上皆可答应，并立即送遣。

一哥特兵士　　我们将军怎么说？

卢修斯　　伊米力斯，让皇帝去向我的父亲，
还有我的权叔玛克斯保证吧，
我们就来。开拔。
　　　　　　　　　　　　　　　　　　喇叭奏花腔。众人下

第二场 / 第十景

罗马（泰特斯家门外）
鞑魔拉与她的两个儿子德魔瑞乌斯与艾戎乔装改扮上

鞑魔拉　　　身着如此怪异阴郁的服装，
　　　　　　我要去会会老安德洛尼克斯，
　　　　　　用复仇女神之名号，
　　　　　　说下面派我前来，为他报仇雪耻。
　　　　　　轻轻叩响他的书房之门，
　　　　　　人说他常居于此，精心谋划诡异的复仇杀敌计；
　　　　　　我会说复仇女神前来助他，
　　　　　　彻底捣毁他的敌手仇家。

他们敲门，泰特斯打开书房门，在高处或幕内[1]，执纸

泰特斯　　　是谁搅扰我冥想沉思？
　　　　　　你意图设计诱我开门，
　　　　　　好让我庄重的决定不翼而飞，
　　　　　　好叫我心血徒然，功亏一篑？
　　　　　　你被骗了，为我的意图所蒙蔽，
　　　　　　在我这血淋淋的行间字里，
　　　　　　凡所列之事，一一皆要付诸实际。
鞑魔拉　　　泰特斯，让我来和你谈谈。
泰特斯　　　不，我不想发一言。我没有手，

---

1 又作"发现空间"（discovering space），指的是伊丽莎白时代舞台上用幕布遮挡的地方，以表现某些内部场景。详见张泗洋《莎士比亚大辞典》词条"发现空间"。——译者附注

　　　　　　　如何以手势来增强语言？
　　　　　　　你比我占优势，故而我无话可谈。
鞑魔拉　　若你知道我是谁，便会和我谈了。
泰特斯　　我不疯不傻，对你我了如指掌。
　　　　　　　看看这悲哀的残肢，看看这血染的字行，
　　　　　　　看看这苦难忧虑交织的皱纹，
　　　　　　　看看这难挨的白天，看看那沉重的夜晚，
　　　　　　　一切一切的悲情惨景足以证明我对你烂熟于心，
　　　　　　　我们骄傲的皇后，富拥权势的鞑魔拉，
　　　　　　　你此次前来是为了索取我的另一只手吗？
鞑魔拉　　你这悲情之人要明了，我并非鞑魔拉；
　　　　　　　她是你的仇敌，我却是你的朋友。
　　　　　　　我是复仇女神，受冥界派遣，
　　　　　　　前来报复你的敌人，
　　　　　　　为你驱除那长期叨啄心智的秃鹫。
　　　　　　　下来吧，迎接我来到人间的光明世界吧，
　　　　　　　我们共同商议谋杀与死亡。
　　　　　　　血腥谋杀或可恶淫暴，
　　　　　　　无论躲在任何洞窟或藏秘之处，
　　　　　　　抑或蜷缩于雾气氤氲的隐晦溪谷，
　　　　　　　我定将他们全部找出，
　　　　　　　在他们耳边道出我的名讳，复仇女神——
　　　　　　　如此名号定叫这丧心病狂的罪犯心抖魂怵。
泰特斯　　您果真是复仇女神？
　　　　　　　您被派来帮我教训我的敌人？
鞑魔拉　　我是。所以快下来，来迎接我吧。
泰特斯　　在我过去前请先帮我办件事，

看！"强奸"和"谋杀"赫然立于您身旁。
来吧，来证明您就是复仇女神：
刺死他们抑或将他们撕毁在您的战车轮下，
如此，我便会过来，为您驾车牵马，
陪您一起，遍游世界万家。
再向您献上骏马两匹，色黑如玉，
让您的复仇之车疾驰如飞，
去查清罪恶之穴中的场场凶杀。
当您的车满载罪恶的头颅，
我便下车，像卑顺的脚夫一样，
整日小跑紧跟在您的轮旁，
从许珀里翁升起的东方
直到他落下的海洋[1]。
我愿日日如此，不辞劳苦，
请您对"强奸""谋杀"二犯严厉惩处。

鞑魔拉　　他们是我的手下，随我一起前来。

泰特斯　　这是您的手下吗？他们叫什么？

鞑魔拉　　"强奸"和"谋杀"，如此命名，
是由于他们专门报复此类恶人。

泰特斯　　无上神明啊，他们像极了皇后之子，
而您，像极了皇后！但我等凡胎肉眼，
所见不过悲凉、疯狂、错觉迷茫。
哦，亲爱的复仇女神，我这就过来，
倘若这一只手的拥抱您不嫌弃，

1　这里一方面指日落，另一方面也影射许珀里翁之子法厄同（Phaethon），他驾着太阳战车，由于马失控而冲进了大海。

| | 我马上便用它向您致以拥抱之礼。 | 自高处或幕内下 |

鞑魔拉　　拥抱之礼正符合他精神失常；

不论我如何作言造语来搪塞他的错乱癫狂，

你们都要用言语维护我、赞成我，

只因他已然笃信，我就是复仇女神。

此人心智不清，容易上当，

我要让他派人叫回他儿卢修斯，

我要把他稳稳拖在宴会之上，

而后再略施些巧妙手段，

将举止反复的哥特人驱赶解散，

或至少让他们与他转眼成敌，不共戴天。

看，他来了，我必须要按计划行事了。

泰特斯上主舞台

泰特斯　　我满心期盼你们，久久地忍受孤独无助。

欢迎令人畏惧的愠怒女神，欢迎莅临我这悲惨之家；

也欢迎你们，"强奸"和"谋杀"。

你们真像皇后母子呵！

若再有个摩尔人，便可称得齐全无瑕；

难道整个地狱不能给你一个这样的魔鬼？

我深知皇后一旦有所动静 [1]，

必有摩尔人为伴。

您若想恰如其分地代表皇后，

何不也弄个这样的魔鬼相守相伴？

即便如此，还是欢迎你们。我们该怎么做？

鞑魔拉　　安德洛尼克斯，你想让我们做什么？

1　此处有性的暗示。

德魔瑞乌斯　告诉我谁是杀人犯，我去杀掉他。

艾戎　　　告诉我谁是奸淫的混蛋，

　　　　　我专门找他报仇。

鞑魔拉　　告诉我那一千个加害于你的人，

　　　　　我去报复他们全部。

泰特斯　　（对德魔瑞乌斯）环视一下罗马这缺德的大街小巷，

　　　　　当你看到一个人与你相仿，

　　　　　"谋杀"，他就是杀人犯：将他刺杀。——

　　　　　（对艾戎）你跟着他去，

　　　　　若有机会找到另一个人与你相像，

　　　　　"强奸"，他就是流氓。——将他刺杀——

　　　　　（对鞑魔拉）您与他们同去，皇帝的宫殿之中有个皇后，

　　　　　由一个摩尔人贴身侍奉——

　　　　　见其身段，便可将她一眼识出，

　　　　　这通体上下，与您简直一模一样——

　　　　　我请求您让他们暴毙惨亡；

　　　　　他们曾对我和我族痛下毒手，个个虎狼心肠。

鞑魔拉　　你已将全部讲述：我们定照做不误。

　　　　　但是，好人安德洛尼克斯，

　　　　　令郎卢修斯骁勇可嘉，

　　　　　亲率哥特战将，正大举向罗马进发。

　　　　　您是否愿差人将他唤回，在您家里共饮一堂？

　　　　　他回返之后，就在那至尊华贵的宴会之上，

　　　　　我会把皇后母子、皇帝及你所有的敌人统统带来，

　　　　　让他们屈身叩头，向您的仁慈顶礼膜拜。

　　　　　在他们身上，

　　　　　您可将那腾腾中烧的怒火淋漓释放。

安德洛尼克斯，这个办法你认为怎么样？

玛克斯上

泰特斯　　玛克斯，我的兄弟！悲伤的泰特斯在叫你。

来，温和的玛克斯，去找你的侄儿卢修斯——

你可去找哥特人打探消息——

叫他来找我，并带些哥特首领同来。

令大军就地安营扎寨；

告诉他，

皇帝、皇后邀他来家共宴同醺。

念及兄弟情义，烦劳你啦；

念及父子之情、老夫性命，

让他速速归来吧。

玛克斯　　我这就去，很快回来。　　　　　　　　（下）

鞑魔拉　　现在我要带着我的手下，

也要去为你办事了。

泰特斯　　不，不，让"强奸"和"谋杀"随我留下，

否则我便把兄弟再叫回来，

复仇大计也全权交予卢修斯安排。

鞑魔拉　　（旁白。对她的儿子们）孩子们，你们觉得怎样？

暂且陪他一会儿，

待我去告诉高贵的皇帝陛下，

我们的精心部署，周密策划。

要多顺着他，取悦他，哄他开心，

只消敷衍片刻，我去去便来。

泰特斯　　（旁白）其实我全都认识他们，尽管他们认为我已疯掉，

让他们个个自戕自毙于自己的圈套；

这个狗娘，这对该死的魔头强盗！

德魔瑞乌斯　母亲，您去便是，我们留在这里。

鞑魔拉　再会，安德洛尼克斯；

　　　　　复仇女神现在要去为你的复仇大计倾心谋划了。

泰特斯　我知道你会的，亲爱的复仇女神，再会。　　　　鞑魔拉下

艾戎　老头儿，告诉我们，你要我们干什么？

泰特斯　嘘，我有很多事情需要你们。——

　　　　　帕布留斯，过来。——还有凯尤斯、凡伦丁！

帕布留斯、凯尤斯与凡伦丁上

帕布留斯　您想做什么？

泰特斯　你认识这两个人吗？

帕布留斯　是皇后的两个儿子啊，我认识他们：艾戎，德魔瑞乌斯。

泰特斯　呸！帕布留斯，呸！你上大当了：

　　　　　他们一个是"强奸"，一个是"谋杀"，

　　　　　仁慈的帕布留斯，现在就把他们绑起来吧。

　　　　　凯尤斯和凡伦丁，动手。

　　　　　你们经常听到我对此刻的祈盼，

　　　　　现在时机已到：把他们绑起来。

　　　　　（他们抓住艾戎与德魔瑞乌斯）

　　　　　要是谁敢叫出声，就堵上嘴。　　　　　　　下

艾戎　一帮混蛋，住手！我们是皇后的儿子。

帕布留斯　正因如此我们才执行命令。

　　　　　堵上他们的嘴，让他们一个字也叫不出来。

　　　　　绑好了吗？要绑结实啊。

泰特斯·安德洛尼克斯执刀、拉维妮娅携盆上

泰特斯　来，过来，拉维妮娅：

　　　　　看，你的仇家已被五花大绑。

　　　　　来吧，堵上他们的嘴，别叫他们吱声，听我训话。

噢，一对混蛋，艾戎和德魔瑞乌斯，
她是一泓清泉，却横遭烂泥污染；
她是美妙夏日，却笼罩深冬严寒。
你们才是杀死她丈夫的真凶魁首，
却栽赃一双兄弟，害其蒙冤砍头，
我也因此痛失一只手，成为别人的耍笑缘由。
她的妙舌和一双巧手，
还有比这两样都宝贵的，——她的无瑕贞洁，
凶残的叛贼，你们统统都强行践踏，剥夺猥亵。
如果我让你们开口，你们又有何话可说？
混蛋啊，无耻之人不该乞求仁慈。
听着，混蛋，看我怎么收拾你们。
剩下的这只手将为你们断颈割喉，
拉维妮娅用残肢夹盆，接你们的罪恶血污。
如你们所知，
你们的狗娘将和我宴饮，
还自诩为复仇女神，她以为我已疯癫。
听着，混蛋们，
我将让你们蚀骨为粉，和血成团，
以此做成棺椁样的面皮儿，
内夹两颗耻辱头颅为馅成饼，
让那个骚货，你们邪恶的娘，
一如大地，亲口消化自己所生所养，
这便是我为她准备的盛宴佳肴。
我要让她大快朵颐，酒足饭饱。
我女儿的悲惨遭遇远甚菲洛梅尔，

我的报复也将远超普洛克涅 [1]。

现在你们就伸长脖子等着吧。

拉维妮娅，来呀，接血，

他们血尽身亡时，我便将其磨骨成粉，

拌上这罪汁恶浆，和粉成团，

再把两颗粗鄙的脑袋包在里面，烘烤即可。

来，来，大家都动起来，

来忙活这场盛宴，

我坚信这比半人马怪的宴会 [2] 更加血腥庄严。

（他割他们的喉）

现在，把他们带进来，我要亲自掌勺，

在他们的娘赶来之时我要做好。　　　　众人带着尸体下

第三场 / 景同前

紧接前情；场景后移入室内

卢修斯、玛克斯、抱着孩子的一哥特兵士与押着囚犯阿戎的其他哥特兵士上

卢修斯　　　玛克斯叔叔，父命难违，

---

1 普洛克涅（Progne 或 Procne）是忒柔斯（Tereus）的妻子，因为丈夫奸淫了自己的妹妹菲洛梅尔（Philomel）而报复他，杀死了儿子伊堤斯（Itys），并把他做成肉饼给他的父亲吃。

2 半人马怪的宴会（Centaurs' feast）：拉庇泰人（Lapith）庇里托俄斯（Pirithous）和希波达弥亚（Hippodamia）的婚宴最终以拉庇泰人和半人马怪（Centaurs）的血战结束，因为一个半人马怪试图亵渎新娘时袭击了在场的女人。

	我这就回罗马。
一哥特兵士	不论吉凶，我们都追随您的决定。
卢修斯	好叔叔，你带着这个摩尔人，
	这只猛虎贪得无厌，这个魔头该万剐千刀；
	该让他饱经饥饿折磨，给他的手脚戴上镣铐，
	再把他带到皇后跟前，
	去揭发她邪恶淫荡，下流轻佻。
	还要确保我们的埋伏万无一失；
	我恐怕那皇帝居心不良，暗布杀招。
阿戎	某个魔鬼窸窸窣窣，在我耳旁口吐咒语，
	令我的心灵激涌而发，
	难保不从舌尖喷出种种毒怨恶想。
卢修斯	滚吧，残忍无道的狗，亵渎主人的贱奴！——
	兄弟们，快帮我们的叔父把他弄进去。

　　　　　　　　　　喇叭奏花腔。数名哥特兵士押着阿戎下

　　　　　　　这号声阵阵说明皇帝已到了附近。

号角齐鸣。皇帝与皇后率众保民官及包括伊米力斯在内的其他人上

萨特尼纳斯	怎么，天上竟然多出个太阳?
卢修斯	你何德何能，竟敢以太阳自称?
玛克斯	罗马皇帝，侄子，商议开始。
	纷争重重，但必须平静地辩论。
	周到的泰特斯为达成体面结局，
	已将盛宴准备就绪，
	为和平，为爱，为大家，为罗马：
	请你们过来，就位入席。
萨特尼纳斯	玛克斯，我们这就来。

双簧管奏起。抬出一桌

泰特斯作厨师装束上，将肉放在桌上，拉维妮娅以纱掩面与小卢修斯亦上

泰特斯 欢迎您，我最仁慈的皇帝。——欢迎你，威严的皇后。——
欢迎你们，勇猛的哥特人。——欢迎你，卢修斯。——
欢迎你们大家。纵食物简薄粗陋，
足以慰藉诸位辘辘饥肠。敬请用餐。

萨特尼纳斯 你为何作此装扮，安德洛尼克斯?

泰特斯 要招待无上的皇帝和皇后，
我务必保证一切妥帖，事必亲手。

鞑魔拉 我们感激你，好人安德洛尼克斯。

泰特斯 若皇后殿下早早明晓我心所想，您会的。
皇帝陛下，请您为我做出决断：
因女儿遭受强迫、蹂躏和污玷，
鲁莽的维尔吉尼乌斯[1]
用右手亲自结束女儿性命，如此做法是否妥当?

萨特尼纳斯 此举甚妥，安德洛尼克斯。

泰特斯 原因何在呢，至高无上的皇上?

萨特尼纳斯 因姑娘不可苟活于奇耻大辱，
她的存在亦令其父悲伤常驻。

泰特斯 多么有力、强烈、奏效的理由，
鲜活的样板先例、活生生的凭据，
于我，上演这一幕真真儿惨不可言。（揭开拉维妮娅的面纱）
去死吧，拉维妮娅，死去吧，如此奇耻大辱!
带着你的屈辱和为父的忧伤，一起葬亡! （他刺杀她）

---

1 维尔吉尼乌斯（Virginius）：古罗马百夫长（centurion），他为防止女儿被阿庇乌斯·克劳狄（Appius Claudius）强奸，而亲手杀掉了自己的女儿维尔吉尼娅（Virginia），在一些故事版本中说他杀掉了女儿是因为女儿已经被强奸。

萨特尼纳斯	你做什么？悖逆天理，辣手无情！
泰特斯	杀了她，我才不会被泪水冲垮而瞎，
	悲心伤情，一如维尔吉尼乌斯曾经，
	我有胜他千倍的理由，才会做出如此暴行；
	现在心愿终得达成。
萨特尼纳斯	什么？她遭到了奸淫？告诉我是谁干的？
泰特斯	您吃得还可口吗？陛下对食物还满意吗？
鞑魔拉	为什么你要亲手杀掉自己的女儿？
泰特斯	不是我，是艾戎和德魔瑞乌斯；
	她被他们奸污、割舌，
	是他们，就是他们，将她蹂躏糟蹋。
萨特尼纳斯	去把他们抓过来见我。
泰特斯	唉，这便是了，他们已被烤成馅饼，
	这位母亲正将其亲生骨肉
	津津有味地慢嚼细品。
	是这样的，就是这样的，看我的刀。
	（他刺杀皇后）
萨特尼纳斯	去死吧，疯子，混蛋，丧心病狂！（刺杀泰特斯）
卢修斯	儿子能眼看着父亲流血吗？
	以牙还牙，血债血偿。
	（刺杀萨特尼纳斯。骚乱中卢修斯与玛克斯或上高处）
玛克斯	满面愁容的人们，罗马子民们，
	突遇骚乱，你们如暴风骤雨中的鸟儿，零离四散，
	哦，让我教大家如何团结如故，
	把这散乱的谷物重新结扎成束，
	让残肢败体重又成为一体手足。
一哥特兵士	让罗马自取其亡，

它一贯令他国屈膝以待，

现今却独遭抛弃，绝望流浪，

无路可走，唯含辱刎首。

玛克斯　　但如若这一头霜发、满脸皱纹的我，

亲历如此磨难，作为重要见证人的我，

倘我之陈词还未能引发大家关注，

（对卢修斯）罗马的至亲友朋，那么，你们说吧，

一如当初我们的先祖[1]，口吻庄严，话语肃穆，

向相思成灾的狄多[2]，那细细聆听的悲情耳朵，

讲述那烈焰燃烧的死亡之夜里，

狡猾的希腊人令普里阿摩国王的特洛伊城大吃一惊；

请告诉我们，西农[3]究竟对我们的双耳施了怎样的魔法，

抑或是谁把那死亡之引擎[4]

带给了我们的特洛伊，我们的罗马，

让我们的城池戕身伐命。

我的心并非金刚火石铸成，

我回肠寸断，亦无法言明，

涕泗滂沱会湮没任何华词丽藻，

令我的所有言语破卵倾巢。

即便现在该感天动地，

即便现在该唤起民众注意，

1　先祖（ancestor）：这里指埃涅阿斯（Aeneas）。

2　狄多（Dido）：泰尔（Tyre）王国公主，迦太基（Carthage）女王，维吉尔在《埃涅阿斯纪》中讲述了她被埃涅阿斯抛弃后自杀的故事。——译者附注

3　西农（Sinon）：说服特洛伊人接受木马的希腊奸细。

4　历史上特洛伊战争中希腊人通过藏身木马（Trojan Horse）中被带进特洛伊城内，从而获得胜利。这里的引擎指木马。——译者附注

　　　　　吁请大家伸以友善之手，报以怜悯之情。
　　　　　这里有位统帅，让他来一一详述；
　　　　　听后敢保你们心惊肉跳，为之哀号。
卢修斯　尊贵的听众们，就让我来告诉大家，
　　　　　那该死的艾戎和德魔瑞乌斯，
　　　　　是他们俩杀死了皇帝的弟弟，
　　　　　也是他俩强暴了我们的妹妹。
　　　　　他俩还嫁祸于我们的兄弟，令二人身首异处，含冤蒙屈；
　　　　　家父摧肝洒泪，徒受欺骗鄙夷，
　　　　　那只曾为罗马拼战到底的手，
　　　　　那只亲将敌人埋葬的手，却痛失于他人毒手。
　　　　　最后，还有我，横遭不公流放，
　　　　　罗马院庭紧闭，将我扫地出门，
　　　　　我只得泪眼哭诉，向罗马旧敌乞援求助，
　　　　　他们的敌意终消融于我的剜肝之泪，
　　　　　他们最终张开双臂，以友相称拥礼。
　　　　　我实乃被驱之人，但要告诉大家的是，
　　　　　我早已将她的幸福安宁注入血液，
　　　　　也曾在她胸膛之前挡下敌方刀剑，
　　　　　任凭钢刀铁刃直插我的勇敢之躯。
　　　　　啊呵！你们知道我并非自吹自擂；
　　　　　我的道道伤疤纵沉默不语，
　　　　　但它们可见证，见证我所说之言千真万确，公平正直。
　　　　　等等，我想我已岔开话题太多，
　　　　　全是无足重轻的自我赞美。哦，饶请宽恕，
　　　　　人无一朋半友之刻，便时常夸耀自己。
玛克斯　现在该我来讲。(指着婴儿)好好看看这个婴孩：

　　　　　此婴为鞑魔拉所生，
　　　　　其父是那毫无信仰的摩尔人，
　　　　　正是他设计谋划这场场灾祸，令人泣血捶膺。
　　　　　这混蛋现就在泰特斯家里，苟且余生，
　　　　　他便是这来龙去脉的鲜活见证。
　　　　　这难以言表、忍无可忍、常人不堪承受的累累罪行，
　　　　　现泰特斯复仇，算不算得揆理度情？
　　　　　一切既已真相大白，
　　　　　罗马的同胞们，你们又将如何看待？
　　　　　我们是否举措失当？
　　　　　如是，我俩，安德洛尼克斯家族可怜的遗存者们，
　　　　　将从现在大家所见之处，手挽手一头栽下，
　　　　　让我们的脑浆在这糙石陋面迸裂四溅，
　　　　　让我们的家族从此销声匿迹，散如云烟。
　　　　　罗马同胞们，说话啊，你们说话啊：
　　　　　若你们认为必须如此，
　　　　　看吧，卢修斯和我将从这里跳下，携手并肩。

伊米力斯　　来，过来，您这尊贵的罗马人，
　　　　　小心地挽着我们的皇帝过来。
　　　　　卢修斯，我们的皇帝，我坚信，
　　　　　这也符合同胞的心声，顺天应民。

玛克斯　　致敬，卢修斯，尊贵的罗马皇帝！——
　　　　　（对众哥特兵士）去，快去老安德洛尼克斯凄苦的家里，
　　　　　把那无信仰不虔诚的摩尔人带来，
　　　　　用令人胆寒发竖的千刀万剐之刑，
　　　　　结束他罪大恶极不可饶恕的一生。　　　　众哥特兵士下

卢修斯与玛克斯或自高处下来

众罗马人	致敬，卢修斯，罗马仁慈的统帅！
卢修斯	谢谢你们，亲爱的罗马同胞。
	愿我的统治能洗却这多悲苦，为伤痕累累的罗马疗伤！
	但亲爱的同胞们，请给我时间[1]，
	因历史已赋我重任：
	请全部站在一边，但是，叔叔，请过这边来，
	请为这具尸体洒上您庄严的泪水。——
	哦，多想用热吻温暖这苍白的脸，这冰冷的唇，
	（亲吻泰特斯）
	任凭我的悲情苦泪在您满是血污的脸上恣意蔓延，
	这也是您高贵的儿子最后的孝心致意！
玛克斯	以泪洗泪，为爱而吻，
	你的兄弟玛克斯将满心爱怜化作这唇间一吻，
	（亲吻泰特斯）
	啊，若我千吻万泪都远远不够，
	我愿逐次偿还，哪怕不计其数，没有尽头。
卢修斯	（对他儿子）来，过来，孩子，来，来，像我们一样，
	倾洒你的泪水吧。爷爷对你疼爱有加：
	曾几何时，他让你在膝头跳舞，
	为你安眠吟唱，你枕着他慈爱的胸怀进入梦乡；
	他告诉过你那么多事情，
	件件都伴随着你的童年。
	那么，来，像个懂爱的小孩，
	从那温润的清泉中洒下你清纯的眼泪，

---

1 原文中 give me aim 为射箭用语，give aim 意为某人站在靶旁报环数，此处喻指让罗马民众拭
   目以待。

　　　　　人性善良，理应这样。
　　　　　朋友同苦共难，理当抱团；
　　　　　和爷爷告别，送爷爷一程，
　　　　　好好爱爷爷，和爷爷道别。

小卢修斯　（亲吻泰特斯）哦，爷爷，爷爷，即便孙儿剖肝倾心，
　　　　　自己死去，也愿意复活您的生命。
　　　　　哦，天啊，我痛哭流涕，不能言语，
　　　　　我一张嘴，泪水便让我哽咽窒息。

哥特兵士押着阿戎上

一罗马人　悲痛的安德洛尼克斯家人，请节哀顺变，
　　　　　快快对这十恶不赦的混蛋作出宣判，
　　　　　是他，导演了这幕幕罪恶，场场苦难。

卢修斯　　将他齐胸埋地，让他忍饿受饥，
　　　　　站着哭喊咆哮，叫他狼狈乞食。
　　　　　如若有人对他怜悯同情，
　　　　　一并处以死刑。
　　　　　这就是我们的判决；留些人看着他土埋罪身。

阿戎　　哦，为何愤懑却静寂无声，狂怒更波澜不惊？
　　　　　我并非孩童，像卑贱的祈祷者一般，
　　　　　要为我所犯之罪忏悔求情；
　　　　　假若还能依我所愿，
　　　　　我宁可万倍胜今，恶贯满盈。
　　　　　若说此生尚有行善之举，
　　　　　便道此愿未了，魂悔莫及。

卢修斯　　你们几位好友请把皇帝抬走，
　　　　　将他葬于先皇墓冢；
　　　　　接着将我的父亲和拉维妮娅

葬于我们的家族墓茔。
至于邪恶的母老虎，鞑魔拉，
没有下葬仪式，不予丧服礼制，
更无任何丧钟鸣响墓地，
只将尸首抛之荒野，以慰凶禽猛兽。
她这一生凶残如兽，不值怜悯，
如此这般，岂需同情？
｛这该死的摩尔人，阿戎终得正义审判，｝
｛至此，我们沉痛的幸运才得日出东山；｝
｛日后定要勤勉治国，｝
｛类似事件绝不重演。｝   全体抬尸体下